Hans Joachim Schädlich

Mal hören, was noch kommt
Jetzt, wo alles zu spät is

Zwei Erzählungen

Rowohlt

Die Arbeit wurde von der
Stiftung Preußische Seehandlung gefördert

1. Auflage August 1995

Umschlag- und Einbandgestaltung Walter Hellmann
unter Verwendung eines Fotos
von Oliver Godow
Satz aus der Garamond (Linotronic 500)
Gesamtherstellung Clausen & Bosse, Leck
Printed in Germany
ISBN 3 498 06302 2

Inhalt

Etwas hält mich ab, dir etwas zu sein

Robert Walser

Mal hören, was noch kommt

Ich lieg im Bett und red mit Frauen. Ich sag: Ich. – Aber die Frauen, mit denen ich red, sagen: Das bist nicht du.

Ich lieg nicht in *meinem* Bett. Aber die Frauen sagen: Du in deinem Bett.

Neben dem Bett steht 'n Nachttisch. Irgendwo müssen meine Papiere liegen. Neben der Tür steht 'n Kleiderschrank. Irgendwo müssen meine Klamotten, meine Wäsche und meine Schuhe sein.

An der Wand hängt 'n Waschbecken. Neben dem Waschbecken hängen zwei Handtücher.

Meine Klamotten und meine Schuhe brauch ich gar nicht. Meine Wäsche? Pro Woche 'n Nachthemd.

Auf'm Nachttisch könnte 'ne Vase mit Blumen stehen. Aber wozu. Ich kann den Kopf nicht zur Seite drehen. Auf'm Nachttisch könnte 'n Glas Wasser stehen. Aber weshalb. Ich kann die Hände nicht bewegen.

Ich lieg auf'm Rücken und seh die Zimmerdecke. Meine Hände liegen flach auf'm Laken.

Die Zimmerdecke ist nicht uninteressant. Sie ist weiß und glatt.

Die Worte: gestern, heute, morgen: benutz ich, weil ich mich an sie erinner. 'ne Frau, mit der ich oft red, hat zu mir gesagt: Ein Wunder, daß du noch redest.

Ich hab zu mir gesagt: Das nennt die reden.

Die Frau ist nicht ehrlich. Sie muß ihr Ohr immer ganz nah an meinen Mund halten.

Bevor sie ihr Ohr fast auf meinen Mund legt, kann ich's kurz sehen. Das Ohr ist schön. Ich weiß nicht, was 'n schönes Ohr ist.

Seit ich mich nicht mehr rasier, wachsen Haare aus meinen Ohren raus. Früher hab ich die Haare nach'm Rasieren abgeschnitten. Ich weiß, daß meine Ohren noch häßlicher aussehen, wenn Haare aus ihnen rauswachsen.

Aus dem Ohr der Frau wachsen keine Haare raus.

Die Frau sagt viel zu mir. Ein Wunder, daß ich noch hör.

Die Frau sagt: Möchtest du Wasser? Möchtest du Suppe?

Die Frau sagt: Möchtest du pissen? Möchtest du kacken?

Meine Uhr ist die Zimmerdecke.

Früher hat die Frau zu mir gesagt: Ein Wunder, daß Sie noch reden. Möchten Sie Wasser trinken? Möchten Sie Suppe essen? Möchten Sie Wasser lassen? Möchten Sie sich entleeren?

Es stört mich nicht, daß sie das nicht mehr sagt. Sie schlägt die Bettdecke zurück, schiebt das Nachthemd hoch und hält 'ne Flasche vor meinen Schwanz. Oder sie schiebt 'n Topf unter meinen Arsch.

Es macht der Frau Mühe, mir halbwegs den Arsch abzuwischen. Aber was soll ich tun.

Als die Frau letztes Mal im Zimmer war, hat sie gesagt: Jemand hat Blumen für dich abgegeben. Ich hab sie gleich in den Mülleimer geschmissen.

Warum hast du sie nicht mit nach Hause genommen?

Weil es ein Grabgebinde war.

Wer hat sie gebracht.

'ne Frau.

Wenn die Frau noch mal kommt, dann schick sie zu mir. Ich will mit ihr reden.

Ich weiß nicht, wieviel Zeit vergangen ist, seit jemand Blumen für mich abgegeben hat. Aber jetzt ist eine da, die sagt: Diesmal hab ich keine Blumen mitgebracht.

Die Frage: Wie heißt du? – wär sinnlos. Ich erinner mich nicht an Namen. Das Gesicht der Frau kann ich nicht erkennen. Die Stimme erkenn ich auch nicht. Ich kann mir Mühe geben, die Frau daran zu erkennen, was sie erzählt. Vielleicht hat sie's mir schon mal erzählt.

Sie sagt: Daß ich dich so daliegen sehen muß.

Daran erkenn ich sie nicht.

Sie sagt: Wenn ich daran denke, wie schön es mit uns war.

Daran erkenn ich sie auch nicht.

Ich sag: Warum küßt du mich nicht.

Die Frau sagt: Die haben dir doch alle Zähne gezogen.

Die Frau hat recht. Ich seh ein, daß die Erinnerung täuschen kann, wenn man keine Zähne mehr hat. Ich kann mir jetzt nicht mehr vorstellen, *wie* sie mich küssen könnte. Ihre Zunge käm in einen löchrigen Hautsack. Drumrum wachsen versuppte Barthaare. Außerdem atme ich Stinkluft aus. Mein Atem ist das einzige, was ich noch riech.

Die Frau, die mir den Arsch abwischt, hat irgendwann zu mir gesagt: Du stinkst, daß es Gott erbarmt.

Ich hab gesagt: Das ist meine flüssige Scheiße.

Nein: hat sie gesagt: Du stinkst an und für sich. Das ganze Zimmer stinkt nach dir.

Wie gesagt, ich riech das gar nicht.

Mein Gott, sogar als Zahnloser möcht ich manchmal irgendwas kauen. Ich hab das der Frau gesagt. Sie hat mir 'n rindenloses Stück Brot gebracht und hat's halb in meinen Mund gesteckt. Ich hab nichts abgekriegt. Die Frau hat gelacht und hat das Brot selber gegessen.

Meine Fingernägel wachsen noch, meine Fußnägel wahrscheinlich auch. Ich weiß das, weil eine von den Frauen gesagt hat: Du hast so lange Fingernägel, daß es mich ekelt.

Ja, schöön. Aber keine von den Frauen schneidet mir die Fingernägel ab. Das wurmt mich. Manche Frauen müssen sich doch in ihren Weichteilen an meine Finger erinnern. Aber es ist mir auch egal; ich benutz meine Finger nicht mehr, meine Füße auch nicht.

Irgendwann hatt ich Lust, 'ne Zigarette zu rauchen. Das ging besser als Brot essen. Die Frau hat 'ne Zigarette angesteckt und sie mir in den Mund geschoben. Ich hatte Probleme, die Zigarette in meinem Hautloch festzuhalten. Die Frau hat die Zigarette für mich gehalten, und ich hab 'n tiefen Zug genommen. Der erste Zug war der letzte. Ich mußte so husten, daß ich kotzen mußte. Ich hab meine Suppe ausgekotzt. Die Suppenkotze ist mir über 'n Hals gelaufen. Die Frau hat die Zigarette selber geraucht. Dann hat sie mir die Kotze abgewischt.

Ich weiß, daß Kotze sauer riecht. Aber ich hab nichts gerochen. Die Frau hat gesagt: Alles Miese hat auch sein Gutes.

Zuerst hab ich mich öfter gewundert, daß oft 'ne Fliege auf meiner Nase rumsteht. Ich hab die Fliege nicht gespürt. Spüren kann ich auf meiner Nase nichts. Ich hab die Fliege gesehen. Am besten seh ich sie, wenn ich ein Auge zumach. Allerdings seh ich sie dann nur von einer Seite. Wenn ich die Augen aber abwechselnd zumach und auf, seh ich die Fliege fast gleichzeitig von beiden Seiten. Sie tut meistens nichts.

Irgendwas zu fressen findet sie auf meiner Nase nicht. Ich konnt mir zuerst nicht erklären, warum die Fliege so oft auf meiner Nase rumsteht. Inzwischen versteh ich das. Ich lieg die meiste Zeit mit offenem Mund da. Ich hab 'n vorstehenden Unterkiefer. Die Luft, die aus meinem Mund kommt, zieht an meiner Nasenspitze vorbei. Die Fliege genießt den Gestank aus meinem Mund. Ich hab der Fliege immer was zu bieten. Das macht mich ruhig. Die Fliege ist mir von allen Lebewesen das nächste. Sie erwartet nichts von mir außer bißchen Gestank, und sie ist treu.

Ich weiß nicht, wo sie ihre Verpflegung hernimmt. Manchmal fliegt sie weg. Vielleicht fliegt sie auf 'n Fußboden und findet was. Vielleicht fliegt sie in den Topf, den mir die Frau unter 'n Arsch schiebt, und findet was. Wenn ich das doch wüßte. Ich könnt mich an der Fliege mit dem guten Gefühl erfreuen, daß ich für sie sorg. Ich, in meiner miesen Lage, ein Ernährer.

Manchmal guckt die Fliege mich an. Ihre Augen sagen: Na, alter Junge? Alles o. k.? – Meine Augen sagen: Hallo, Mädchen, wie geht's? Wie hast du mich gefunden?

Manchmal, wenn ich vor mich hindös, schwebt mir die Möse *einer* Frau vor. Ich weiß nicht mehr, wie die Frau hieß. Ich wünsch ihr, daß sie noch lebt. Ihre Möse hätte das verdient. Eines weiß ich aber genau. Die Möse dieser Frau war das Feinste, was ich in meinem Leben gesehen und gefühlt hab. Wenn ich was gleich Feines jemals gesehen und gefühlt hätte, könnt ich's mit dieser Möse vergleichen. Anders gesagt, die Möse dieser Frau war einmalig fein.

Weil ich am Rücken manchmal 'n komisches Gefühl hab, hab ich gesagt: Was ist denn mit meinem Rücken los.

Die Frau, die mir Wasser bringt, hat meinen Oberkörper

angehoben. Sie hat gesagt: Bist du aber federleicht. Na, mal sehen.

Sie hat sich meinen Rücken angesehen und gesagt: Sieh mal an. Dein Rücken ist durchgelegen. Das rohe Fleisch. Der ganze Rücken suppt.

Ich wußte über das komische Gefühl Bescheid, und die Frau hat mich zurückfallen lassen.

Letztens hab ich unruhig geschlafen. Mir ging die feinste Möse, die ich jemals gesehen und gefühlt hab, durch 'n Kopf. In dem Augenblick hat sich unterm Bett was bewegt. Ich hör das. Aber ich wollt mich nicht von der Möse abbringen lassen. Ich dachte an die Frau, die zu mir gesagt hatte: Du bist so groß, und meine Möse ist so klein. – So was vergißt man nicht so leicht. Oft hatte ich von Frauen das genaue Gegenteil gehört. Sogar die Frau, die mir bloß die Flasche vor den Schwanz hält, hat gesagt: Dein elender Stummel.

Als diese Frau wieder mal ihr Ohr ganz nah an meinen Mund gehalten hat, hab ich gesagt: Unterm Bett bewegt sich manchmal was. – Sie hat: Psst! – gemacht und geflüstert: Unter deinem Bett liegt nachts einer.

Ich bin gewarnt. Ich schlaf seitdem immer unruhig. Ich will mich nicht verraten. Wer weiß, was ich im Schlaf vor mich hin flüster. Ich flüster auch im Halbschlaf vor mich hin. Vielleicht hab ich: Möse – vor mich hin geflüstert. Ich bin froh, daß ich den Namen von der Frau mit der feinsten Möse vergessen hab. Ich will die Frau nie verraten.

Die Fliege ist meine Komplizin. Sie hat sprechende Augen. Bestimmt ist sie dem Mann unterm Bett schon begegnet. Aber im Dunkeln kann der Mann nicht sehen, was die Augen der Fliege sagen. Dieser Mann weiß nicht, daß die Fliege sich auf meiner Nase aufhält. Dieser Mann weiß nicht, daß ich aus'm Mund stink. Dieser Mann weiß nicht, daß ich die Augen abwechselnd auf- und zumach. Er weiß höchstens, daß die Fliege vielleicht von mir lebt. Das soll er ruhig wissen. Dann weiß er, daß ich nicht allein bin. Ich und die Fliege, wir sind zwei. Aber er ist allein, jedenfalls unterm Bett.

Was will der Mann.

Wahrscheinlich bin ich 'ne Gefahr. Weil ich mit Frauen red. Weil ich jede Woche 'n frisches Nachthemd krieg. Weil meine Papiere griffbereit im Nachttischkasten liegen. Weil meine Klamotten, meine Wäsche und meine Schuhe in Reichweite verstaut sind. Weil ich mich nicht mehr rasier. Weil Haare aus meinen Ohren rauswachsen. Weil ich noch red. Weil ich noch hör. Weil ich nichts fühl, oder fast nichts. Weil ich Wasser trink. Weil ich Suppe trink. Weil ich pisse. Weil ich kacke. Weil ich die Zeit von der Zimmerdecke ables. Weil ich keine Blumen bekomm. Weil ich geküßt werden will. Weil ich stinke, an und für sich. Weil ich was kauen will. Weil meine Fingernägel noch wachsen und meine Fußnägel wahrscheinlich auch. Weil mir niemand die Fingernägel abschneidet. Weil ich was rauchen will. Weil ich huste. Weil ich kotze. Weil mein Rücken suppt.

Ob das Laken und die Matratze dichthalten? Wenn aber nicht. Bißchen Pisse und bißchen flüssige Scheiße gehen immer daneben, wenn ich pisse und flüssig scheiße. Und die Suppe aus dem rohen Fleisch von meinem Rücken. Der Mann unterm Bett muß Pisse, Scheiße und Blutsuppe schlucken.

Manchmal bin ich am Morgen frisch. Ich hab dann Lust, rasiert zu werden. Ich hab dann Lust, kalt gewaschen zu werden. Aber die Frau, die mir Suppe gibt, rasiert mich nicht und wäscht mich nicht. Sie hat gesagt: Das lohnt sich nicht mehr.

Wieso nicht?

Sie hat mir 'n Spiegel vors Gesicht gehalten und gesagt: Sieh doch selber. – Seitdem weiß ich, wie mein Mund aussieht und daß versuppte Barthaare drumrum wachsen.

Das Waschbecken und die zwei Handtücher sind überflüssig. Warum sind sie da?

Die Frau hat gesagt: Für den nächsten.

Manchmal öffnet die Frau das Fenster. Die frische warme oder kalte Luft verlängert vielleicht mein Leben. Aber die Frau sagt: Dein Gestank bringt mich noch um.

Neulich hab ich durchs offene Fenster Kinderstimmen gehört. Ich hab gesagt: Was sind das für Kinder.

Das sind die Kinder von dem Mann nebenan: hat die Frau gesagt.

Ich hab gesagt: Wann kommen meine Kinder.

Die Frau hat gesagt: Auch wenn du gestorben bist.

Ich hab gesagt: Wenn ich gestorben bin, will ich endlich rasiert und kalt gewaschen werden.

Die Frau hat gesagt: Wer macht denn das heutzutage noch.

Ich hab gesagt: So, wie ich ausseh, sollen meine Kinder mich nicht sehen.

Die Frau hat gesagt: Sag ihnen das selber.

Es ist ein Wunder, daß ich noch Bart- und Ohrhaare hab. Überall sonst, wo ich früher auch Haare hatte, hab ich keine mehr. Ich hab das gesehen, als ich noch stehen, gehen und sitzen konnt. Nicht auf'm Kopf und nicht in der Schwanzgegend hab ich Haare. Nicht auf der Brust und nicht an den Beinen. Nicht an den Armen, nicht in der Nase. Keine Achselhaare, keine Augenbrauen, keine Wimpern. Früher hätt ich solche Haarlosigkeit bedauert. Weil die Frau mit der feinsten Möse zu mir gesagt hat: Ich liebe dein Kopfhaar, ich liebe dein Schamhaar. Ich liebe dein Brusthaar, ich liebe dein Beinhaar. Ich liebe dein Armhaar, ich liebe dein Nasenhaar. Ich liebe dein Achselhaar, deine Augenbrauen, deine Wimpern.

Die Haarlosigkeit hat Vorteile. Ich muß mich nicht mehr auf'm Kopf, am Schwanz, auf der Brust, an den Beinen, an den Armen, in der Nase und untern Achseln kratzen.

Die Frau mit der feinsten Möse hat nie gesagt: Ich liebe dein Barthaar, ich liebe dein Ohrhaar. Ich wünsch mir, daß auch die Barthaare und die Ohrhaare ausfallen.

Auch die Zahnlosigkeit hat 'n Vorteil. Ich brauch nach'm Essen nicht mehr in den Zähnen rumzustochern.

Ich war mit allen Haaren immer häßlich. Ohne die meisten Haare bin ich noch häßlicher.

Ich hab die Schönheit von Frauen geliebt. Ich fand an Frauen andre Dinge schön als andre Männer. Mir haben dicke Beine gefallen. Mir haben große Ohren gefallen. Mir haben vorstehende Bäuche gefallen. Leider hab ich nie 'ne Frau gekannt, die gleichzeitig dicke Beine, große Ohren und 'n vorstehenden Bauch hatte. Die Fliege auf meiner Nase kommt meinem Schönheitsideal nahe.

Einmal hab ich zu der Fliege gesagt: Du bist 'ne schöne Frau.

Die Fliege hat gesagt: Schade, daß wir uns so spät kennengelernt haben. Ich wäre gern durch dein Brusthaar spaziert.

Ich hab gesagt: Spazier doch in meinem Bart rum. Spazier doch in meinen Ohren rum.

Aber die Fliege hat bloß den Kopf geschüttelt. Bart- und Ohrhaare scheinen bei manchen Frauen unbeliebt zu sein.

Früher hab ich oft Musik gehört. Heutzutage fehlt mir dazu die Gelegenheit. Aber die Fliege ist paarmal an meinem linken Ohr vorbeigeflogen. Das war Musik in dem Ohr.

Wenn ich an Frauenhaare zurückdenk, dann denk ich an Beinhaare und an Mösenhaare. Die Beinhaare müssen licht, kurz und weich sein. Die Mösenhaare müssen weich, lang und dicht sein. Ich denk auch gern an Achselhaare. Sie müssen dicht, lang und weich sein. Mösenhaare und Achselhaare gehören in meinem Gehirn zusammen. Ich weiß nicht, was andre Männer dazu sagen.

Beine, Ohren, Bäuche und Haare. Was noch? Stimmen. Zuletzt hab ich schrille Stimmen geliebt, obwohl ich zuerst dunkle Stimmen geliebt hab. Die Erklärung ist einfach. Schrille Stimmen können liebevoll klingen, dunkle Stimmen liebelos.

Ich hätt lernen müssen, allein zu sein. Dazu ist es zu spät. Aber ich bin getröstet. Die Fliege hat zu mir gesagt: Ich bleib bis zuletzt bei dir. Ich bleib auch danach bei dir. Solange es geht.

Wenn ich gelernt hätt, allein zu sein, dann bekäm ich nicht so viel Frauenbesuch. In Wahrheit hab ich keine Lust, mich an die Vergangenheit zu erinnern. Ich will nicht dran denken, was ich falsch gemacht hab. Solche Gedanken stören meine Verdauung. Erinnerung an die Vergangenheit ist flüssige Scheiße. Das Leben in der Gegenwart wird dauernd versaut.

In meinem Leben gab's auch Schönes. Ich hab mir gern die Zähne geputzt. Geputzte Zähne fletschen war schön.

Ich weiß nicht, wann es war. Es ist 'ne Frau zu mir gekommen und hat gesagt: Es ist wie früher. Du tust nichts für mich. Wenn du wenigstens Geld hättest.

Geld? In meinem Nachttischkasten ist Geld. Nimm dir, was du brauchst. – Die Frau hat das Geld aus dem Nachttischkasten genommen. Die Frau hat gesagt: Ist das alles? Willst du mich verarschen?

Wenn ich die Fliege nicht hätt, würd ich Schluß machen.

Die Frau, die mich nicht rasiert, sagt: Man lebt nur einmal.

Ich muß an die Zukunft denken. Will ich begraben oder verbrannt werden.

Wer kriegt meine Klamotten, meine Wäsche, meine Schuhe.

Was sag ich der Fliege, zum Abschied.

Ob ich noch weinen kann?

Wann hab ich geweint?

Meine Mutter hat gesagt: Als du auf die Welt kamst.

Einmal hab ich wegen einer Frau geweint. Die Frau war meine Mutter. Ich hab geweint, weil sie geweint hat. Warum sie geweint hat, weiß ich nicht.

Es kommt mir normal vor, am Ende noch mal zu weinen, weil ich nach meinem Tod nicht mehr an die Zimmerdecke gucken kann.

Vorgestern oder gestern sind zwei Frauen gleichzeitig zu mir gekommen. Die eine hat gesagt: Hättest du nicht so fett gegessen. Hättest du nicht so stark geraucht. – Die andre hat gesagt: Hättest du Sport getrieben. – Die eine hat gesagt: Hättest du nicht so viele Weiber gehabt. – Die andre hat gesagt: Hättest du dir nicht das Gehirn aus der Birne gefickt.

Jede hat gut reden.

Aber ich hab gesagt: Wer hat denn gekocht. Ihr. Wer wollte denn gefickt werden. Ihr.

Das hätt ich nicht sagen sollen. Die eine hat zur andern gesagt: Was?

Die zwei sind bald wieder gegangen.

Ich hatte nach dem Besuch Lust, 'n Lied zu pfeifen. Aber mit meinen Lippen kann ich das nicht mehr. Ich möcht wissen, wie mein Mund aussieht, wenn ich lächel. Ich lächel immer, wenn niemand im Zimmer ist, der mir 'n Spiegel vors Gesicht halten könnt.

In der Nacht wollt ich wieder Musik hören. Die Fliege schlief irgendwo. Ich konnt nicht hoffen, daß sie an meinem Ohr vorbeifliegt. Ich hab mir selber was gesummt. Hätte die Fliege mich gehört, wär sie vielleicht vorbeigekommen. Wir hätten im Duett gesummt.

Soll ich mir Vorwürfe machen, weil ich so war wie ich bin? Ich kann gar nicht an 'ne Frau denken, ohne an 'ne andre Frau zu denken.

Die eine hat geglaubt, daß ich sie liebe. Die andre hat auch geglaubt, daß ich sie liebe. Ich hab beide geliebt. Es war nicht böse gemeint. Es war für beide gut. Für mich war es auch gut. Aber es war auch schwer. Ich mußte meine Zeit einteilen. Ich mußte mir Ausreden ausdenken. Ich mußte doppelt viel Blumen kaufen. Ich mußte doppelt oft duschen. Ich durfte die Namen nicht verwechseln. Damals hab ich gelernt, überhaupt keine Frauennamen mehr zu benutzen. Irgendwann verwechselt man die Namen doch. Ich hab mir mit Kosewörtern geholfen. Es genügen zwei, drei Stück. Mir fällt jetzt auf, daß nie 'ne Frau gewollt hat, daß ich sie mit ihrem Namen anred. Liebe macht taub.

Ich mach mir keine Vorwürfe. Ich war schon damals zufrieden, daß mich die eine manchmal mit'm andern Namen angeredet hat.

Liebesbriefe hab ich ohne Anrede geschrieben. Als Anrede hab ich die zwei, drei Kosewörter benutzt. Bei den Adressen muß man aber aufpassen. Einmal hab ich die Adressen verwechselt. Passiert ist nichts. Die Briefe kamen zurück. Empfänger unbekannt. Ich mußte zwei Briefumschläge neu adressieren. Das war alles. Vielleicht hab ich dabei die Briefe verwechselt. Aber in meinen Liebesbriefen gab's nie klare Orte oder Zeiten. Zum Beispiel statt: Gestern, das war schön mit dir, im Stadtwald – hab ich geschrieben: Das war schön mit dir.

Ich weiß nicht, wie die Frau heißt, die mich nicht wäscht. Ich schwör, daß ich mit dieser Frau nichts hatte. Ich hab sie erst kennengelernt, als ich in das Zimmer geschoben wurde. Sie stand neben der Tür und hat gesagt: Der nächste, bitte. – Wenn sie meine Bettdecke zurückschlägt und mein Nachthemd hochzieht, um mir die Flasche vor 'n Schwanz zu halten, rührt sich gar nichts.

Ich bin neugierig, was los wär, wenn sie nackt wär. Sie ist jünger als ich. Ob ich zu ihr sagen soll: Zieh dich doch mal aus.

Ich könnt wenigstens ihre Achselhaare sehen. Ich könnt wenigstens ihre Mösenhaare sehen. Ich könnt wenigstens ihre Beinhaare sehen. Falls sie Haare an den Beinen hat. Aber ich fürcht mich davor, daß sie sagt: Du kleines geiles Arschloch. Du kriegst doch sowieso keinen mehr hoch.

Wie alt ich bin, hab ich vergessen. Ich leb schon lange. Ich könnte 'ne Frau bitten, in meinen Papieren nachzusehen, wie lang ich schon leb. Aber diese Blöße will ich mir nicht geben. Hauptsache, ich leb.

Wenn ich gestorben bin, müssen sie nachsehen, wann ich geboren bin. Für den Totenschein. Vielleicht auch für 'ne Todesanzeige. Womöglich wundern sich manche, wie jung ich war. Ich könnte Bäume ausreißen.

Die Frau, die manchmal das Fenster aufmacht, ist jetzt im Zimmer. Ich sag: Bist du verheiratet?

Sie sagt: Mein Mann ist tot. Der hat zuviel geraucht. Danach hab ich den Hans geheiratet. Was den gekillt hat, weiß ich nicht. Der hat Blut gekotzt.

Schade, daß ich kein Telefon hab. Irgend 'ne Frau könnte mir den Hörer ans Ohr legen und 'ne Rufnummer wählen.

Ich hab nie an 'n Gott geglaubt. Wie denn. Ich hab so viel Scheiße gesehen. Ein Gott hätte die Scheiße weggemacht.

Aber neuerdings möcht ich mal mit 'ner Pfarrerin reden. 'ne Pfarrerin hatt ich nie. Ich kannte 'n Pfarrer. Der hat zu mir gesagt: Wenn Sie wollen, bringe ich Sie unter die Erde. Ich bin für die Güte meiner Beerdigungen bekannt.

An meinem offnen Grab soll 'n Blues vom Band gespielt werden. Der Lautsprecher soll auf meinem Sarg stehen. Särge sind gute Resonanzkörper. Vorausgesetzt, außer mir ist im Sarg nichts. Manche Bestattungsfirmen füllen die Särge mit Sägemehl auf, damit die Leichen nicht so tief liegen. Manche Bestattungsfirmen füllen die Särge mit Hausmüll oder alten Pornoheften auf. Sie sparen die Hausmüll- und Altpapierabfuhr. Aufgefüllte Särge klingen nicht. Ich verlange einen klingenden Sarg. Das ist mein letzter Wunsch.

Ich krieg kein Telefon.

Ich krieg auch keine Medikamente. Mit mir können sie's machen. Aber vielleicht stimmt's auch gar nicht, daß ich krank bin. Warum soll ich dann Medikamente kriegen. Medikamente sind gefährlich. Und teuer. Es gibt genug Kranke, die die Medikamente brauchen. Ich eß ordentlich. Ich trink ordentlich. Ich laß mir nicht noch mal sagen: Wenn du nicht ordentlich ißt, blasen wir dir die Suppe in den Arsch. – Ich hasse Klistiere.

Klistiere hat mir meine Mutter gemacht. Du bist verstopft, mein Kind! – Ich kam nie rechtzeitig zum Klosett. Die Scheißbrühe ist mir an den Beinen runtergelaufen. Ich hab 'ne Stinkespur gezogen. Die Arbeit hatte meine Mutter. Sie ist mit dem Wischlappen hinter mir hergerutscht.

Ich hab zu meinen Frauen gesagt: Macht den Kindern keine Klistiere! Das erniedrigt!

Wenn ich bloß wüßte, wo meine Kinder sind. Manchmal hat sich 'ne Mutter bei mir gemeldet. Die eine hat gesagt: Du brauchst dich nicht um dein Kind zu kümmern. Aber du sollst wissen, daß du eins hast. – Die andre hat gesagt: Es wäre leichter für mich, wenn du dich um dein Kind kümmern würdest. Aber ich will nicht, daß es dich kennenlernt. Sonst wird es noch genauso ein Scheißtyp wie du. – Die dritte hat gesagt: Gott strafe dich, weil du nie gefragt hast, ob ich ein Kind von dir habe. – Vielleicht hatte sie gar keins.

Die meisten Männer, die ich kannte, wußten, wieviel Kinder sie haben. Frauen haben's leichter. Die kennen ihre Kinder. Oft wissen sie aber nicht, wieviel Kinder sie hätten haben können. Ich weiß das von meiner Mutter. Sie hat manchmal versucht, ihre Abtreibungen zu zählen. Jedesmal kam 'ne andre Zahl raus.

Alle Frauen, die ich geliebt hab, hab ich geliebt. Ich hab für sie getan, was ich konnte. Es hat nie gereicht. Das hat mir böse Worte eingebracht. Zum Beispiel: Du armseliger Pinscher. – Oder: Du Großmaul. – Oder: Du aufgeblasener

Arsch. – Das hat mich an die Klistiere meiner Kindheit erinnert.

Alle Frauen, die ich geliebt hab, haben für mich getan, was sie konnten. Es hat immer gereicht.

Der erste Mensch in meinem Leben war die Mutter. Der letzte Mensch in meinem Leben ist die Fliege. Alles Gute kommt von Frauen.

Sogar der Arzt ist 'ne Ärztin. Sie hat mich untersucht, eh ich in diese Bude kam. Ihr Blick war mitleidig. Ihre Griffe waren weich. Zum Abschied hat sie mir die linke Schulter getätschelt. Ohne Vorwurf. Das letzte von ihr war 'n musikalisches Wort: Moribundus. – Ich hab nie 'ne Ärztin gehabt. Ich wünsch mir, daß sie meinen Totenschein schreibt. Als bekäm ich 'ne Postkarte.

Post krieg ich nie. Manche kennen doch meine Adresse. Sie sagen sich wahrscheinlich: Der schreibt ja nicht zurück. – Schreiben verlangt schreiben.

Wenigstens will ich allen 'ne Todesnachricht zukommen lassen. Ich sag zu der Frau, die mir gesagt hat, daß nachts einer unterm Bett liegt: Nimm mein Adreßbuch aus'm Nachttisch und schick an jede Adresse 'ne Karte: Am Soundsovielten verschied – und meinen Namen.

Die Frau sagt: Wo soll ich die Karten herkriegen. Wer bezahlt das Porto. Wie heißt du überhaupt.

Ich sag: Geld spielt keine Rolle. Du verkaufst meine Klamotten, meine Wäsche und meine Schuhe. Mein Name steht in meinem Ausweis.

Die Frau sagt: Was hab denn ich davon.

Ich sag: Du hast 'n Herz. Achte drauf, *wie* ich sterb. Dementsprechend schreibst du: ... verschied sanft ..., oder: ... verschied nach schwerem Ringen ... – Aber schreib nicht, wann das Begräbnis stattfindet. Das möcht ich den Frauen nicht antun, daß sie an meinem Grab weinen müssen.

Die Frau sagt: Dir weint doch keine 'ne Träne nach.

Hinterher ist mir eingefallen, daß ich Trauergäste brauch, damit sie aus'm Lautsprecher auf meinem Sarg 'n Blues hören können.

Die Frau hat noch gesagt: Der Mann unterm Bett glaubt, daß ich ihm helf. Ich hab ihn dabei gelassen. Aber ich sag dir, was der wissen will: Ob du noch einen hochkriegst. Der hat Angst, daß du noch 'n Kind machst. Verbrecher zeugt Verbrecher: hat der gesagt.

Verbrecher.

Der will dazwischengehen, wenn du was machst.

Der liegt gar nicht so schief. Ich hätt Lust, noch 'n Kind zu machen. Aber wem.

Es kommen doch genug Frauen.

Die wollen doch nicht.

Am Tag ginge es. Wenn der Mann unterm Bett weg ist.

Meinst du, ich könnte?

Probieren geht über Studieren.

Wie wärs mit dir?

Ich denk drüber nach. Abtreiben kann ich's dann immer noch. Heute geht's nicht. Ich hab grad meine Tage. In zwei Wochen sag ich dir Bescheid.

Ich hab zu der Frau gesagt: Wenn ich tot bin, sollt ihr mir nicht die Kinnlade hochbinden. Wie sieht denn das aus.

Die Frau hat gesagt: Das muß sein. Sonst kommt dir die Scheiße aus'm Hals. Sowas stinkt unglaublich. Wir müssen dir auch das Arschloch zukleben.

Das könnt ihr machen: hab ich gesagt: Das sieht ja keine.

Naja: hat sie gesagt: Wart's ab.

Ich hab gesagt: Gib mir 'ne Spritze, ich will abkratzen.

Aber sie: Warum denn.

Weil ich unheilbar krank bin.

So schnell schießen die Preußen nicht. Hast du unerträgliche Schmerzen?

Nö.

Na also. Außerdem mußt du den Todeswunsch mehrfach äußern.

Das tu ich gern.

Aber sie: Sieh erst zu, daß du unerträgliche Schmerzen kriegst.

Irgendwann kam die Alte, bei der ich jahrelang gewohnt hab, als ich noch keine Wohnung hatte. Sie ist jetzt Mitte 90.

Sie hat gesagt: Na, junger Mann. Wie ist das Leben.

Ich hab gesagt: Ich weiß nicht. Ich hab schon lange nichts mehr von ihm gehört.

Sie sagt: Ich habe ein Kräuterbad genommen. Fühlen Sie mal.

Sie streckt mir ihren knochigen Arm entgegen.

Ich hab mit der linken Schulter gezuckt.

Sie sagt: Mein Mann war Brauereidirektor. Ich trinke jeden Tag Warmbier. Das hält jung.

Ich hab gesagt: Wenn's anders wär, wär's schlimmer. Was macht Ihre Tochter.

Die ist 70 und bettlägerig. Ein Glück, daß sie sich nicht mit Ihnen eingelassen hat. Sonst lägen Sie hier zu zweit.

Ich bin zufrieden. Mehr kann ich nicht verlangen.

Verlangen. Verlangen. Ich hab immer gewußt, daß aus Ihnen nichts wird. Raffen Sie sich endlich auf. Die Welt ist groß. Das Glück liegt auf der Straße.

Ich hab gesagt: Was macht Ihr Schwiegersohn.

Der! Der hat mich mit'm Schuh auf'n Kopf gehauen, daß mir's Blut aus'n Ohren gekommen ist. Weil ich beim Sonntagsbraten gekleckert hab. Ich dachte: Den überlebst du. – Kürzlich ist er tatsächlich gestorben, die Drecksau. Meine Tochter hat er auch geprügelt. Die hat den dafür noch geliebt. Oder sie hat bloß so getan.

Neuerdings weiß ich oft nicht, wo ich bin. Jetzt wieder. Wo bin ich eigentlich.

Die Frau, die dauernd nach mir sieht, sagt: Is was?

Ich sag: Warum kommst du dauernd rein.

Ich komm nicht dauernd. Ich komm jede Stunde. Weil ich nachsehen muß, ob du noch lebst. Wir haben wenig Platz. Wenn du tot bist, mußt du sofort raus hier. Da warten noch andre auf deine Matratze.

Ich hab dir doch gesagt, ich will 'ne Spritze.

Ihr Kerle erwartet immer alles von andern. Tu selber was. Was glaubst du, wer hier alles sterben will. Mach dir klar, was für ein Luxusleben du führst. Läßt dir Zeit und blokkierst tagelang die Bude. Im Hochsommer geht's schneller. Mir wird's allmählich langweilig. Immer dasselbe Gesicht. Deinen Arsch kenn ich langsam.

Die einzige Freude heute war meine Fliege. Sie sagt mir alles. Das ist Liebe. Sie hat gesagt: Im Nachbarzimmer der Typ hat mich angemacht. Er hat gesagt: Bleib doch bei mir. Ich hab eitrige Beulen unter der Achsel. Unter meiner Achsel kannst du dein Wochenbett einrichten. Da finden deine Kinder ein warmes Plätzchen und jede Menge Kindernahrung. – Ich hab gesagt: Neinnein. Ich lebe nicht allein. Ich brauche deinen Eiter nicht. Mein Partner hat einen offenen Rücken. Da ist es warm, und Essen gibt es genug. Ich bin kein besonderer Eiterfan. Ich hab's lieber, wenn meine Kinder frische Blutsuppe kriegen.

Meine Fliege. Ich hab zu ihr gesagt: Flieg auf meine Lippen. Ich will dich küssen.

Die Fliege ist das einzige Wesen auf der Welt, dem was an mir liegt. Ich weiß jetzt, was ich meiner Fliege zum Abschied sag: Hör mal. Ich schenk dir meine Augen. Ich träum davon, daß du mir in die Augen siehst, wenn ich gestorben bin. Du liest aus meinen Augen, wie es mir auf der Reise in die Hölle ergeht. Trink meine Augen aus, bevor du endgültig Abschied von mir nehmen mußt.

Die Fliege hat gesagt: Ich danke dir. Ich will alles tun, was du gesagt hast. Meinen Kindern werd ich erzählen, wie salzig süß deine Augen geschmeckt haben. Schade, daß du begraben oder verbrannt wirst. Anderswo werden die Toten auf Bäumen bestattet. Da dürfte ich bis an mein Ende bei dir bleiben. Ich könnte mich gemütlich in einer Augenhöhle einrichten. In der anderen Augenhöhle fänden meine Kinder eine Bleibe. Dein Totenschädel wäre ein schöner Spielplatz. Die Kinder könnten in deinem Kopf herumklettern. Von deinem Augenrand könnten sie ihre ersten Flugversuche starten.

Ja, schade: hab ich gesagt.

Zu der Frau, die mir mein luxuriöses Leben vorwirft, hab ich gesagt: Drück mir nicht die Augen zu. Ich hab sie der Fliege versprochen.

Die Frau hat gesagt: Das ist wieder mal typisch. Versprichst andern das Blaue vom Himmel. Ich drück dir die Augen nicht zu. Aber was ist, wenn du die Augen selber zumachst? Laß doch die Fliege frei. Vielleicht findet sie 'n andern, der länger lebt als du. Hier gibt's viele, die was zu bieten haben. Offenere Wunden. Ausfluß. Dickere Scheiße. Aber so seid ihr. Egoistisch bis zum Gehtnichtmehr. Meine Freundin hat auch so 'n alten Kacker. Der kann schon lange nicht mehr. Aber sie muß ihm treu sein. Sonst sperrt der Alte die Knete. Er sagt's aber anders: Das schuldest du mir. Ich hab immer für dich gesorgt. Die Leute spucken dich an, wenn du mich sitzen läßt. – Blahblah. Meine Freundin ist noch fit. Die will noch mal. Aber im Moment redet sie sich ein, daß sie nix braucht. Ihr Alter kann noch lange rumkrebsen. Danach ist es echt zu spät.

An irgend 'nem Tag sind plötzlich viele Frauen gekommen. Sie hatten alle schwarze Kleider an. Gesagt hat keine was. Bloß angesehen haben sie mich. Ich hab gesagt: Was geht denn jetzt ab.

Eine hat gesagt: Lebe wohl, alter Freund.

'ne andre hat gesagt: Möge es dir leicht werden.

'ne dritte hat gesagt: Ich vergesse dich nie.

Ich hab keine gekannt. Zwei haben geweint. Sie hatten Taschentücher vor der Nase.

Eine hat geflüstert: Auf dem sitzen schon die Fliegen.

Es war aber nur meine einzige Fliege da. Sie stand neben meinem linken Auge.

Ich hör sehr gut, was geflüstert wird. Ich hab gesagt: Blödsinn. Fliegen sitzen nicht. Fliegen stehen. – Ich hatte Angst, daß irgend 'ne Frau mit'm Taschentuch vor meinem Gesicht rumwedelt.

Die Frauen sind ziemlich lange dageblieben. Wie Krähen. Hocken und warten. Steif wie Bretter.

Auf einmal sind sie verschwunden. Brett für Brett.

Die Frau, die mir nicht die Augen zudrückt, hat gesagt: Der Mann unterm Bett hat sich beschwert. Er hat die Pisse, die Scheiße und die Blutsuppe satt. So kann ich nicht leben: hat er gesagt: Da muß was getan werden. – Was denn: hab ich gefragt. – Dafür bist du zuständig: hat er gesagt.

Ich hab zu der Frau gesagt: Was willst du tun.

Ich muß dir 'ne Windelhose anziehen. Wenn ich's nicht mach, dann denkt der, ich steck mit dir unter einer Decke.

Ich hab gesagt: Ein Mann in einer Windelhose!

Sie hat gesagt: So fängt's an, und so hört's auf. Das ist der Kreislauf des Lebens.

Naja. Mir ist es recht. Es ist sogar angenehmer. Ich hab in der Windelhose viel mehr Lust zum Pissen und Scheißen. Ich lieg wärmer, und ich lieg weicher. Ich lebe auf. Vielleicht komm ich bald wieder hoch.

Ich hab mir zuerst Sorgen um meine Fliege gemacht. Ich kann sie doch nicht mehr aus meinem Nachttopf ernähren. Ich hab zu ihr gesagt: Komm unter meinen Rücken. Der Rücken suppt weiter. Du findest schon ein Fleischloch. Ich bin so federleicht. Ich werd dir nicht zur Last.

Die Fliege hat gesagt: Sei nicht ängstlich. Ich bin doch nicht wegen des Essens bei dir. Wir wollen von etwas anderem reden. Du mußt etwas für dich tun. Wenn wir zusammen leben, müssen wir auch zusammen etwas unternehmen. Laß uns einen Ausflug machen. Gehen wir die Wand hinauf. Oben an der Decke schauen wir hinunter auf die Welt. In der Deckenlampe ist es warm. Da machen wir ein Picknick.

Du hast gut reden: hab ich gesagt: Die Wand kann ich vielleicht schaffen. Aber an der Zimmerdecke hab ich keinen Halt.

Meine Fliege war traurig. Sie hat gesagt: Wie verschieden wir doch sind.

Ich war auch traurig. Ich hab gesagt: Ja wenn ich gesund wär. Aber wie wär's, wenn du 'n paar Freunde einlädst. Wir könnten uns 'n netten Nachmittag machen. Du wärst in Gesellschaft und kämst auf andre Gedanken.

Na gut: hat die Fliege gesagt: Aber gerecht ist es nicht.

Sie ist abgeschwirrt und kam mit drei Freundinnen zurück. Jede hatte 'n Gastgeschenk dabei. Die eine hat 'n Zukkerkrümel gebracht. Die zweite 'n Tabakkrümel. Die dritte 'n Krümelchen blutige Scheiße. Sie haben sich alle unter meine Nase gestellt. Meine Fliege hat gesagt: Bedient euch! – Sie selber hat den Anfang gemacht und den Rotz geschleckt, der aus meiner Nase läuft. Die andern haben's sich nicht zweimal sagen lassen und haben mitgeschleckert. Für mich war der Tabakkrümel. Ich hab mich gefühlt wie früher. Die eine Fliege hat den Zuckerkrümel zu dem Rotz getan. Die dritte den Scheißekrümel zu dem Zucker. Das hätten wir längst mal tun sollen!: hat die zweite gerufen: Das machen wir mal wieder.

Ich hatte meine Freude an den Gästen. Meine Fliege war stolz drauf, daß sie ihren Freudinnen was Gutes tun konnte mit mir.

Die eine Fliege hat gesagt: Jetzt kann ich es euch ja sagen.

Die zweite Fliege hat gesagt: Happy birthday to you.

Die dritte Fliege hat gesagt: Ich habe Sorgen.

Meine Fliege hat gesagt: Bleib doch bei uns. Hier hast du dein Auskommen, und ich freue mich über deine Gesellschaft.

Aber die dritte Fliege hat mit 'nem Seitenblick auf mich gesagt: Ich weiß nicht so recht. Ihr wollt doch sicher für euch bleiben.

Meine Fliege hat sofort gespürt, was los ist. Sie hat

schnell gesagt: Na wie du willst. – So ist sie. Im entscheidenden Moment denkt sie nur an mich.

Das Schöne an den Partys von heute ist, daß ich hinterher nicht mehr abwaschen muß. Meine Fliege und ihre Freundinnen haben alles sauber abgeleckt.

In der Nacht war meine Fliege die ganze Zeit bei mir. Sie hat gesagt: Schön war's heute. Ich wußte gar nicht, daß du so gesellig sein kannst. – Dann hat sie sich in mein rechtes Nasenloch gekuschelt und ist eingeschlafen.

Am Morgen hab ich mich gefühlt wie 'ne Eintagsfliege am Abend. Ich hab zu meiner Fliege gesagt: Guten Morgen, mein Liebes.

Sie hat gesagt: Guten Morgen. Wie geht's dir.

Ich hab gesagt: Scheiße, ich bin krank.

Was hast du denn.

Ich hab Schnupfen. Sieh dich bloß vor. Wenn ich niesen muß, wirst du fortgeweht.

Sie ist aus'm Nasenloch gekrochen und hat sich auf meine Nasenspitze gestellt. Ich mußte aber nicht niesen.

Siehst du: hat sie gesagt: So krank bist du gar nicht.

Ich bin froh: hab ich gesagt: daß ich unbeweglich bin. Ich komm nicht mehr in Versuchung, nach andern zu schielen.

Würdest du das tun? Ich denke, du liebst nur mich.

Das ist es ja: hab ich gesagt: Obwohl ich nur dich liebe, würd ich nach andern schielen.

Du machst mich traurig: hat meine Fliege gesagt. Aber ich weiß schon – Männer sind geborene Verräter. Liebesverräter.

Nana: hab ich gesagt: Ich kenn Frauen, die...

Na gut: hat meine Fliege gesagt: Vielleicht gleicht sich's

aus aufs Ganze gesehen. Aber bestimmt würdest du 'n Doppelspiel treiben und rumlügen. In der Liebe sind Männer feige.

Nana: hab ich gesagt: Ich kenn Frauen...

Na schön: hat meine Fliege gesagt: Also was ist.

Ich würd dir die Wahrheit sagen.

Der andern auch?

Der andern auch.

Die Wahrheit ist nie verkehrt: hat meine Fliege gesagt.

Von allen Frauen, die ich geliebt hab, hab ich ein bis zwei Frauen am meisten geliebt. Aber die beiden besuchen mich nicht. Vielleicht glauben sie, daß ich ihnen Grund gegeben hab. Deshalb fürcht ich mich vor ihrem Besuch. Womöglich sagen sie im Chor: Du bist ein Verbrecher.

Wenn ich an einen Gott glauben könnt, der an mich glaubt, könnt ich reinen Gewissens sagen: Herr Gott, Sie sind mein Zeuge! Ein Verbrecher bin ich nicht! – Aber vielleicht besuchen mich die meistgeliebten Frauen nicht, weil sie mir nicht zeigen wollen, wie leid ich ihnen tu. Wir könnten alle in Tränen ausbrechen. Ein endloses Geweine. Wie auf'm Bahnsteig, bis mein Zug endlich abfährt.

Meine Fliege hat gesagt: Sobald du tot bist, hört deine Traurigkeit auf.

Ja: hab ich gesagt: Aber bis dahin...

Meine Fliege hat noch gesagt: Du sollst nicht immer: Meine Süße – zu mir sagen.

Sag ich das?

Ja. Aber ich bin nicht dein. Ich bin nur bei dir. Zuletzt glaubst du dir selber. Womöglich verschluckst du mich noch, wenn ich grade in deinem Mund spazieren geh.

Ehrlich gesagt – ich hab schon dran gedacht. Aber dann

wärst du tot, und was hätt ich davon. Ich wüßte nicht, wann es Zeit wär, dich zu verschlucken.

Versprich mir, daß du das nie tust. Was soll ich davon halten, daß du mir deine Augen versprochen hast. War das alles Lüge?

Ich versprech dir, daß ich dich nicht verschluck.

Wir wollen von was anderm reden.

Ja. Ich weiß so wenig von dir. Wo bist du geboren.

In einem Kuhfladen. Meine Eltern hab ich nie kennengelernt. Meine Geschwister hab ich aus den Augen verloren. Ich hab mich ganz alleine durchgeschlagen.

Mit wem warst du vor mir zusammen?

Diese Frage liebe ich nicht. Ich hab dich auch nicht gefragt, mit wem du vor mir zusammen warst.

Entschuldige.

Ich hab geschwiegen. Meine Fliege – ich mein, die Fliege hat auf meiner Nase gestanden und mich freundlich und selbstbewußt angesehen. Ich hab mich in ihre großen schwarzen Augen vertieft. Ich hab gesagt: Heut ist mein farbenfroher Tag. Du bist ein lebendes Kunstwerk.

Du übertreibst: hat meine Fliege gesagt. Du könntest ein bißchen Farbe gebrauchen. Du siehst so angekalkt aus.

Ich sehn mich nach der Zeit zurück, wo ich auf Krücken gegangen bin. Da war ich jeden Tag spazieren. Da bin ich jeden Tag in die Kneipe. Ich konnt auf Krücken an der Theke stehen und mich auf den gepolsterten Achselstützen hängenlassen. Ich konnt meinen Schnaps runterkippen und meine Zigarette reinziehen. Niemand hat mich angepöbelt. Die hatten sogar Respekt vor mir: Der hängt auf Krücken und säuft! – Ich hatte auf den Krücken mehr Halt als die. Ich konnt zum Pissoir gehen. Ich konnt die Hose aufmachen und pissen. Bloß scheißen konnt ich nicht alleine. Runterlassen konnt ich die Hose nicht. Sicherheitshalber hab ich mich zu Hause ausgeschissen.

Meine Hose mußte mir die Frau runterlassen, die's damals bei mir ausgehalten hat. Hinhocken konnt ich mich alleine. Den Arsch abwischen konnt ich mir auch. Wieder hoch kam ich, weil ich starke Arme hatte und mich an zwei Wandgriffen auf die Beine gehievt hab. Meine Hose mußte mir die Frau übern Hintern ziehen. Es war mir nicht angenehm, daß sie dabei meinen Scheißgestank riechen mußte. Zuerst hat sie gesagt: Das macht mir nichts. – Später hat sie gesagt: Warum stinkt deine Scheiße so. – Zuletzt hat sie gesagt: Ich kann deine Scheiße nicht mehr riechen. – Das war der Anfang vom Ende dieser Liebe. Ich mußte selber sehen, wie ich die Hose wieder hochkrieg. Zuerst bin ich mit runtergelassener Hose vom Scheißhaus in die Wohnung getrippelt und hab zu der Frau gesagt: Zieh mir die Hose hoch. – Das hat sie gemacht. Zuletzt hat sie's auch in der Wohnung nicht mehr gemacht. Hab ich gewartet, bis der Briefträger kam oder 'n Kumpel aus der Kneipe. Für 'n Schnaps hat mir der Kumpel oder der Briefträger die Hose hochgezogen.

Abends hab ich mich gar nicht mehr ausgezogen, weil mich niemand ausgezogen hat. Damals hab ich oft gedacht: Das Leben ist nicht einfach.

Die Frau hat's ziemlich lange mit mir ausgehalten, weil ich noch ficken konnt. Ich hatte starke Arme und konnt mich abstützen. Meine Beine lagen tot zwischen ihren Schenkeln. Ich hab damals schon ziemlich lange gebraucht, eh ich abspritzen konnt. Aber umso besser. Für ihr Loch war das 'n Vorteil. Eh ich endlich soweit war, hatt ich sie schon zweimal weggemacht. Sowas bindet. Jedenfalls 'ne

Zeitlang. Ich weiß nicht, wieso's irgendwann aus war mit ihr und mir. Ich glaub, es war aus, weil sie zu mir gesagt hatte: Dein Schwanz stinkt wie 'n fauler Fisch. – Kein Wunder. Ich konnt mich nicht mehr waschen. Und sie hat ihn auch nicht gewaschen.

Dann kam noch die Sache mit den Krücken. Ich war in der Kneipe umgefallen. Haben sie mich nach Hause geschafft und ins Bett. Am nächsten Tag hab ich die Krücken nicht gefunden. Ich sag: Wo sind meine Krücken. Ruf mal in der Kneipe an. – Aber sie: Die sind nicht in der Kneipe. Die hab ich heute verkauft. – Stimmt, ich hatte Schulden bei ihr. Am selben Tag ist die Frau abgehauen. Ich hab gedacht: Das Leben ist nicht nur einfach. – Ich hab die Frau nie wiedergesehen. Zwei Tage lag ich im Bett. Dann hab ich mich rausfallen lassen und bin zur Tür gekrochen. Als der Briefträger vorbeikam, hab ich gebrüllt. Der hat die Polizei geholt. Die haben die Tür aufgebrochen und mich ins Krankenhaus geschafft. Einer hat gesagt: Der macht nicht mehr lange. – Aber denkste. Ich bin noch hier.

Ich hab's mir überlegt. Ich mach kein Kind mehr. Die Frau, die mir Bescheid geben wollte, ist nicht die richtige. Und außerdem – wie soll ich das vor meiner Fliege rechtfertigen. Treue gegen Treue: sag ich.

Mit der Frau, die meine Krücken verkauft hat, gab's dauernd Meinungsverschiedenheiten. Wenn sie mir Geld gegeben hatte, hieß es, ich hätt Schulden bei ihr. Aber sie hatte nie Schulden bei mir, wenn ich ihr Geld gegeben hatte.

Meine Fliege war schon den zweiten Tag fort. Langsam hab ich mir Sorgen gemacht. Rufen wollt ich sie nicht. Das hätte der Mann unter meinem Bett gehört. Womöglich wär er auf falsche Gedanken gekommen: Aha, das Aas kratzt ab.

– Als hätte die Fliege geahnt, daß ich unruhig war, kommt sie plötzlich angebrummt.

Hallo, hier bin ich wieder.

Wie ist es dir ergangen.

Och, gut eigentlich. Aber ich hab Sachen durchgemacht, das glaubst du nicht.

Was denn.

In der Küche hinterm Kühlschrank lag 'n schöner Krümel Käse. Den hatte ich unter die Scheuerleiste geschoben, für später. Gestern guck ich nach, da ist der Krümel weg. Wer nimmt hinterm Kühlschrank 'n Krümel Käse unter der Scheuerleiste weg. Ich hab die andern in der Küche gefragt, aber keine wollte es gewesen sein. Das gibt's doch nicht: hab ich gesagt. Ich wieder hinter den Kühlschrank. Weißt du, wer da rumgekrochen ist? 'ne Schabe! Diese Scheißschaben haben meinen Käse geklaut. Ich war vielleicht sauer. Ich wollte aus der Küche raus. Aber das Fenster war zu. Bin ich zum Schlüsselloch zurück, wo ich reingekommen bin. Vom Korridor in die Küche, das war gegangen. Aber von der Küche in den Korridor, das ging nicht. Ich denke: Wieso denn. – Ja, der Schlüssel steckte so blöde im Schloß, das war wie 'ne Einbahnstraße. Mußte ich ewig warten, bis jemand die Tür aufgemacht hat. Ich war total fertig. Im Korridor bin ich in die Lampe geflogen. Ich wollte mich aufwärmen. Da muß ich eingenickt sein. Auf einmal hockt doch so ein dämlicher Schmeißfliegenarsch neben mir und sagt: Schläfst du? – Ich sage: Das siehst du doch. – Und der: Wollen wir 'n Nümmerchen schieben? – Ich hab gesagt: Was bildest du dir ein. Einfach 'ne Frau anmachen. Hau ab, du fettiger Rüssel. – Diese Kerle sind vollkommen übergeschnappt. Für die ist man als Frau Freiwild.

Ich sag: Du redest und redest. Was ist eigentlich los.

Ach, weißt du, 'n paar Türen weiter liegt 'n Mann, der hat eine so schöne Haut. Die wollte ich unbedingt von nahem sehen. Wie soll ich es sagen. Die Haut dieses Mannes ist von klassischer Schönheit. Verstehst du? Es gibt ein überzeitliches Schönheitsideal. Die Haut dieses Mannes verkörpert das. Najaa. Ich hab mir die Haut angesehen. Aber nur im Gesicht! Das schwör ich dir. Ich glaub nicht, daß die Hautschönheit dieses Mannes mit seiner Jugendlichkeit zu tun hat. Stimmt schon, der Mann ist jung. Aber seine Haut wär auch schön, wenn er nicht jung wäre. Das behaupte ich. Ich gebe zu, mich hat auch seine Jugend interessiert. Die Schönheit *und* die Jugend. Ich bin schließlich auch jung. Und schön. Das hast du selber gesagt. Soll ich's dir sagen oder wirst du davon traurig. Ich stand auf seiner Nase und dachte: Wir wären ein ideales Paar.

Ich sag: Was hat er gesagt.

Das ist es ja. Ich kann mit ihm nicht reden. Mit dir kann ich reden, über alles. Aber mit ihm nicht. Er hat kein Hirn. Ich hab mir gesagt: Das hat mit seiner Jugend zu tun. – So eine schöne Haut und so hirnlos. Ein wahrer Jammer. Er hat überhaupt nichts im Kopf. Sein Gehirn ist ausgelaufen. Motorradunfall.

Irgendwer hat zu mir gesagt: Kleinkinderscheiße ist der beste Kitt für Weibertreu. – Ich kann das nicht bestätigen. Alle Frauen, denen ich Kinder gemacht hab, haben mich beschissen, als die Kinder noch Kleinkinder waren. Gut, im Wochenbett nicht. Schade, daß ich die Frauen nie gefragt hab, warum sie mich beschissen haben. Weil sie gedacht haben, daß ich sie bescheiß? Vielleicht. Oder weil sie *gehofft* haben, daß ich sie bescheiß? Das glaub ich eher weniger. Es ist wahr, ich hab sie beschissen. Aber ich dachte, solange die Kinder in die Windeln scheißen, werden mich die Kindsmütter nicht bescheißen. Irrtum. Ob sie mich auch dann beschissen hätten, wenn ich sie nicht beschissen hätt? Das krieg ich nicht mehr raus.

Ich hab gemerkt, daß mich die Kindsmütter beschissen haben. Aber ich hab mir nichts anmerken lassen. Ob sie gemerkt haben, daß ich sie beschissen hab, weiß ich nicht. Sie haben sich nichts anmerken lassen.

Vielleicht haben mich die Kindsmütter deshalb beschissen, weil ich sie in der Schwangerschaft beschissen hab. Die wollten irgendwann nicht mehr. Daß sie *mich* in der Schwangerschaft beschissen haben, glaub ich eigentlich nicht. Aber ich glaub was andres. Nach der Geburt waren sie doppelt geil. Jedenfalls 'ne Weile lang.

Mit den Schwangerschaften von meinen Frauen bin ich nie klargekommen. Die erste hab ich im zweiten Monat beschissen. Mein Pech war, daß die, mit der ich sie beschissen hab, auch gleich schwanger war. Die zweite hab ich im ersten Monat beschissen. Pech, daß die, mit der ich sie beschissen hab, wieder gleich schwanger war. Die erste hat ihr Kind im Januar gekriegt, die zweite im März, die dritte im April. Die erste war die, die zu mir gesagt hat: Du tust nichts für mich. – Die zweite war die, die zu mir gesagt hat: Hättest du nicht so viele Weiber gehabt. – Die dritte war die, die zu mir gesagt hat: Hättest du dir nicht das Gehirn aus der Birne gefickt.

Die dritte hatte nach mir 'n Mann, der 'ne seltne Art hatte. Der hat beim Frühstück mit'm Kaffee gegurgelt. Als ich das zum erstenmal gesehen hab, hab ich gedacht: Jetzt spuckt er den Kaffee auf'n Tisch. – Aber nein. Nach dem

Gurgeln hat er den Kaffee runtergeschluckt. Das hat der nicht nur ein Mal gemacht, sondern jeden Tag bei jedem Schluck. Ich weiß das, weil ich noch bei dieser Frau gewohnt hab, als dieser Mann schon eingezogen war. Mir ist schnell schlecht geworden. Der Mann war 'n guter Vater für mein Kind.

Ich muß an diesen Mann denken, weil der Mann unter meinem Bett neuerdings jeden Morgen Gurgelgeräusche macht. Ich hab die Frau gefragt, mit der ich oft red. Sie hat gesagt: Der gurgelt die Blutsuppe raus, die von dir in sein Maul tropft.

Die zweite Frau hatte am Kopfende von unsrer Matratze 'n Foto von meinem Vorgänger an der Wand. Ich hab gesagt: Warum! – Sie hat gesagt: Wenn du stark bist, hältst du das aus. – Ich hab gesagt: Ich halt das aus, aber warum! – Sie hat gesagt: Wenn du das nicht aushältst, hol ich den da zurück. Dann ist das Foto gleich noch da. – Nach vier Wochen hat sie das Foto abgemacht und *mein* Foto an die Wand gepinnt. Ich hab noch bei der Frau gewohnt, als mein Nachfolger schon eingezogen war. Geschlafen hab ich in der Küche auf'm Sofa. Mein Foto blieb an der Wand. Mein Nachfolger fand das unpassend; er hat mein Foto abgemacht. Aber sie hat's wieder angepinnt. Zu meinem Nachfolger hat sie gesagt: Wenn du das nicht aushältst, hol ich den aus der Küche zurück. – Mein Nachfolger hat das nicht ausgehalten. Aber mich hat sie nicht aus der Küche zurückgeholt. Ich weiß nicht, wer 'n guter Vater für mein Kind geworden ist.

Die erste Frau hat mich nach meinem besten Freund gefragt. Wie er aussieht, wollte sie wissen. Ich hab ihn, so gut ich konnte, beschrieben. Sie hat gesagt: Also unscheinbar.

Genau wie du. – Paar Tage später, im Bett, hat sie mich gefragt, ob ich schon mal Sport getrieben hätt. Laufen, oder radfahren. – Ich hab gesagt: Wieso das denn! – Sie hat gesagt: Deine Beine sehen so degeneriert aus. – Degeneriert?: sag ich: Bist du irre? Weißt du, was degeneriert ist? – Sie hat gesagt: Naja. – Ich hab gesagt: Du meinst wohl untrainiert! – Sie hat gesagt: Naja. – Mein Nachfolger sah auch untrainiert aus. Ich hab noch bei der Frau gewohnt, als der schon eingezogen war. Der Mann war kein guter Vater für mein Kind.

Ich hab mich selten so wohl gefühlt wie jetzt. Die Frau, die zu mir gesagt hat: Du brauchst dich nicht um dein Kind zu kümmern –, hat ganz am Anfang zu mir gesagt: Du siehst so geleckt aus. Laß dir doch 'n Vollbart wachsen. – Also hab ich mir 'n Vollbart wachsen lassen. Der Frau hat das auch auf ihrer Haut gefallen. Später hat sie zu mir gesagt: Männer mit Vollbart sehen alle gleich aus. Ich kann dich nicht mehr von andern Vollbärten unterscheiden. – Ich hab sie nicht gefragt, ob das ihrer Haut auch so geht. Jedenfalls, ich hab den Vollbart abgemacht.

Dieselbe Frau hat zu mir gesagt: Bei dir weiß ich nie, woran ich bin. Heute bist du so, morgen so. Manchmal frag ich mich, wer du eigentlich bist. Wenn ich dir die Haut abgezogen hab, ist dadrunter die nächste Haut. Ich komm bei dir nie bis zum Kern. – Also hab ich mir Mühe gegeben, heute und morgen derselbe zu sein. Ich wußte zuletzt nicht mehr, wer ich bin.

Die Frau, die zu mir gesagt hat: Es wäre leichter für mich, wenn du dich um dein Kind kümmern würdest –, hat zu mir gesagt: Du bist so eckig. Für dich gibt's nur ja oder nein, alles oder nichts. Bei dir weiß ich im voraus, was kommt.

Jeden Tag dasselbe. Hast du schon mal das Wort flexibel gehört? – Also war ich wieder wie ich bin – heute so und morgen anders.

Dieselbe Frau hat zu mir gesagt: Ist dir schon aufgefallen, wie du rumläufst? – Nö: sag ich. – Krumm: sagt sie: Du bist doch jung. Aber rumlaufen tust du wie 'n Daddergreis. Läßt du dich bloß hängen oder hast du 'ne Rückgratverkrümmung. – Also hab ich jeden Tag zehn Klimmzüge gemacht und mich extra gradegehalten. Aber das war's auch nicht. Die Frau hat gesagt: Sag mal, hast du 'n Lineal verschluckt? Du siehst aus wie 'n Buchhalter.

Die Frau, die zu mir gesagt hat: Gott strafe dich, weil du nie gefragt hast, ob ich ein Kind von dir habe –, hat schon am fünften Tag zu mir gesagt: Ich an deiner Stelle, ich würd nicht jeden Abend trinken. – Ich hab gesagt: Du bist nicht an meiner Stelle. An meiner Stelle bin nur ich. – Sie hat gesagt: Erstens riechst du nach Schnaps. Zweitens, wenn du angetrunken bist, benimmst du dich im Bett wie 'n Tier. Ich bin kein Fickautomat. Drittens, wenn du voll bist, kriegst du keinen hoch. – Also hab ich mit Trinken aufgehört.

Dieselbe Frau hat zu mir gesagt: Wenn du dich sehen könntest, würdest du weglaufen. – Ich sag: Wieso? – Sie sagt: Deine Hose. Zu weit, zu lang. Deine Jacke zu kurz, zu eng. – Ich hab gesagt: Willst du mir vorschreiben, was ich anzuziehen hab? – Sie sagt: Ja! – Also hab ich mir 'ne kürzere engere Hose und 'ne weitere längere Jacke besorgt.

Dieselbe Frau hat zu mir gesagt: Du machst alles, was ich will. Das ist zwar einerseits angenehm, aber andererseits hab ich in dir leider kein richtiges Gegenüber. – Also hab ich mich bockig gestellt. Ich kam manchmal sogar richtig in Wut. Von da an ging's nur noch abwärts. Zuletzt hab ich ihr eine geknallt, weil sie mir einen blasen wollt, aber ich wollt sie in den Arsch ficken, bloß – das wollte sie nicht. Sie hat gesagt: Jetzt hast du's kaputt gemacht, jetzt ist es aus. – Da hatte sie wieder recht.

Die Frau, die erst 'n Vollbart an mir wollt und dann keinen, hat zu mir gesagt: Ich kann's auf'n Tod nicht ausstehen, daß du dir 'n Hals nach andern Frauen verrenkst, wenn ich mit dir spazieren geh. Das demütigt mich. – Ich sag: Ich seh mir andre Männer an, die dich anglotzen, weil du ihnen schöne Augen machst, obwohl du mit mir spazieren gehst. – Sie sagt: Das bildest du dir ein. – Ich sag: Daß du mit mir spazieren gehst? – Sie sagt: Zelebrierst du jetzt 'ne pädagogische Einlage? – Also hab ich immer nach unten geguckt, so daß ich nicht weiß, ob sie andern Männern immer noch schöne Augen gemacht hat, wenn wir nebeneinander her gingen.

Die Frau, die zu mir gesagt hat: Du bist so eckig – hat zu mir gesagt: Daß du nie den Mund halten kannst, wenn ich was sag. Immer mußt du mitgackern. Ich begreif nicht, warum du dich laufend in meine Sachen reinhängst. – Also hab ich mich dumm gestellt und hab geschwiegen. Da hat sie gesagt: Ich glaub, du blickst rein gar nichts.

Jetzt, wo ich auf der Schlachtbank lieg, ist es endlich egal, ob ich 'n gutmütiges Schaf oder 'ne arrogante Sau bin. Jetzt fühl ich mich so wohl wie selten. Ich sehn mich auch nicht mehr nach der Zeit zurück, wo ich auf Krücken gegangen bin.

So wohl gefühlt wie jetzt hab ich mich nur bei den zwei Frauen, die ich am meisten geliebt hab. Ich kann die beiden nicht mehr richtig auseinanderhalten, sie verschwimmen allmählich zu einer. Egal wie ich aussah oder was ich gedacht oder gemacht hab, ich wußt immer, wer ich bin. Die eine –

oder war es die andre – hat zu mir gesagt: Du bist du. – Die andre – oder war es die eine – hat zu mir gesagt: Mach, was du willst. – Die eine oder die andre hat zu mir gesagt: Du süßer Verbrecher. – Oder das haben beide gesagt. Es macht nichts, daß mein Gedächtnis im Eimer ist. Die eine war meine größte Liebe, und die andre war meine größte Liebe. Es gibt nur eine größte Liebe, und das waren beide. An mehr brauch ich mich nicht zu erinnern.

Von einer Frau, die rote Haare hatte, hab ich 'ne Menge über Treue gehört. Die Frau hatte Bücher gelesen und war schlauer als ich. Ich hab nie mitgekriegt, welche Sachen von ihr waren und was sie aus ihren Büchern wußte. Damals wollt ich treu sein. Eifersüchtig war ich auch. Ich hab zu ihr gesagt: Ich will, daß du mir treu bist. – Sie hat mich ausgelacht. Wo lebst du denn: hat sie gesagt: Ich und treu. Ich weiß gar nicht, wie man das schreibt. Deshalb gehen mir auch alle Männer auf den Wecker, die eifersüchtig sind. Wenn du mir treu sein willst, ist das deine Sache. Aber eifersüchtig, das halt ich nicht aus. Bist du mir nicht treu, ist das auch o. k. Ich jedenfalls bin nicht eifersüchtig. – Ich hab gesagt: Wie soll denn das mit uns gehen. – Sie hat gesagt: Das geht nicht. Mit abgelutschten Eifersüchteleien versaust du dir und mir die schönsten Tage.

Das hab ich gemacht. Lange ging das nicht. Aber mit dieser Frau hab ich noch oft geredet.

Wenn ich früher so gewesen wär wie ich jetzt bin, hätt's besser mit der Frau auf'm Dorf geklappt, die nach Kuh gerochen hat. Wie bin ich in das Dorf gekommen. Wie sah die Frau aus. An ihren Kuhgeruch hab ich mich schnell gewöhnt. Aber die Frau hatte hinterm Haus 'n Plumps-Klosett. Erstens, die Kacke ist 'n halben Meter unterm

Kackloch auf den Scheißeberg geklatscht. Zweitens, damals war Sommer, in dem Gestank in der Bretterbude bin ich halb erstickt. Drittens, nach'm Kacken hab ich immer den Scheißeberg gesehen, und der war weiß. Beim erstenmal hab ich gedacht: Wieso denn. – Ich hab mir die Nase zugehalten und genau hingeguckt. Das Weiß hat sich bewegt. Sah aus wie Milch, die anfängt zu kochen. Das waren Maden.

Die Frau hab ich in der Dorfkneipe kennengelernt. Sie sah aus, daß ich Lust hatte, ihr was ins Ohr zu flüstern: Ich tät dich gern ins Maul ficken. – Sie hat gesagt: Mach's doch. – Wir waren heiter und blau. So war meine Ankunft auf dem Land. Wie lange bin ich da eigentlich geblieben. Die Frau hat sich in alle Löcher ficken lassen. Aber leider nicht nur von mir. Das hab ich schnell spitzgekriegt. Trotzdem war ich nicht eifersüchtig. Aber sie war's. Ich weiß nicht, auf wen. Außer ihr kannte ich im Dorf keine. Am liebsten hab ich sie ins Vorderloch gefickt. Sie hatte 'ne selten fleischige Möse, und immer saftig. Auf sowas war ich damals scharf. Beim Ficken hat sie die großen runden Augen offen gehabt und das große runde Maul. Gestöhnt hat sie dumpf. Das hatte sie alles von ihren Kühen. Weggegangen bin ich, weil ich die Maden auf der Scheiße nicht mehr sehen konnte. Zuletzt war ich nach'm Kacken immer total verhühnert. Sie hat gesagt: Was hast du. Nimm deine fünf Sinne zusammen. – Aber es ging nicht mehr.

Die Frau hat mir gesagt, daß sie 'ne Vorliebe für braune Augen hat. Ich hab aber blaue Augen. Und?: hab ich gesagt. Das macht nichts: hat sie gesagt: Du machst ja die Augen zu beim Ficken.

Einmal kannte ich eine, die wollte selten. Ein Fick pro Woche, das war für die schon viel. Ich hab zu ihr gesagt: Du liebst mich nicht. – Aber sie hat gesagt: Liebe, das ist doch nicht bloß Ficken. Ich denk manchmal, du liebst *mich* nicht. Du willst bloß mit mir ins Bett. Liebe, das ist für mich noch was andres. Mit dir spazierengehen. Oder ins Kino. Oder was kochen. Was ist denn, wenn ich krank bin. So wie jetzt. Ich hab 'ne Blasenentzündung von deinem ewigen Geficke. Ich kann heute wirklich nicht. Lieben tu ich dich trotzdem. Liebst du mich? Wahrscheinlich nicht. Weil ich 'ne Blasenentzündung hab. Du bist so primitiv. Ich frag mich, wieso ich dich liebe. Wenn Liebe für dich noch was andres wär als Ficken, dann würdest du mir jetzt 'ne heiße Wärmflasche machen. Und 'n Blasentee für mich kochen. – Mir blieb nichts andres übrig. Als sie endlich eingeschlafen war, bin ich raus. Ich kannte noch eine, die wollte immer, aber deshalb war sie mir auch langweilig. Diesmal war mir das egal. Als ich zurückkam, ist die Blasenentzündung wach geworden. Sie hat sofort Lunte gerochen. Du bist ein Dreckskerl!: hat sie gesagt: Ich kann krepieren, aber du haust ab und treibst es mit andern. – Mit *einer* andern: hab ich gesagt. Meinetwegen: hat sie gesagt: Das eine sag ich dir. Ich war mit dir zufrieden. Einen anderen wollt ich nicht. Ich war nie eifersüchtig. Ich dachte, du hältst zu mir, auch wenn ich nicht jeden Tag die Beine breit mache. Jetzt, wo ich seh, was für ein Lump du bist, müßt ich eifersüchtig sein. Aber jetzt bin ich's auch nicht. Du bist es gar nicht wert.

Das Schlimmste, was ich erlebt hab, war die Frau, die fast jeden Tag zu mir gesagt hat: Wenn du mich betrügst, dann bring ich mich um. – So was hab ich zu einer Frau nie gesagt. Ich hab mir gesagt: Wegen einer Frau häng ich mich doch nicht auf. – Ich hab Wort gehalten. Die Frau hat gesagt: Ich liebe nur dich. Und du sollst nur mich lieben. – Das hat mir gefallen. Ich kam mir aber immer vor wie 'n Verurteilter auf Bewährung. Wenn ich auf'n Bier in die Kneipe wollte, hat die Frau gesagt: Wo willst du so spät noch hin. – Wenn ich aus der Kneipe kam, hat sie gesagt: Wo kommst du so spät her. – Aus der Kneipe: hab ich gesagt: Das weißt du doch. – Wer weiß, wen du getroffen hast: hat sie gesagt. Ich sag: Kumpels. – Wer weiß, wo du mit denen hingegangen bist: sagt sie. Nirgends: sag ich. Ach so: sagt sie: Deine Weiber waren auch alle in der Kneipe. – Quatsch doch nicht: sag ich. Sie sagt: Ich bring mich um, wenn du mich betrügst.

Den einen Tag bringt sie meine Hose zur Reinigung. Sie kommt zurück und sagt: In deiner Hosentasche war dieses Taschentuch. – Na und?: sag ich. Sie sagt: Das ist ein Frauentaschentuch. Woher hast du das. – Ich sag: Von 'nem Kumpel. – Sie sagt: Wieso hat der ein Weibertaschentuch. – Von seiner Frau wahrscheinlich: sag ich. Gib's zu: sagt sie: Du hast es von seiner Frau. Du hast was mit der. Mit der Frau des eignen Freundes! Du hast mit ihr geschlafen. Im Auto wahrscheinlich. Hinterher hat sie dir ihr Taschentuch gegeben, damit du dir deinen Schwanz abwischen konntest. Was bist du für ein Mensch. Ich bring mich um. – Ich hab gesagt: Du redest einen Stuß, zum Weglaufen ist das. – Ja, lauf nur weg: hat sie gesagt: Das ist es doch, was du willst. Geh doch zu der Frau deines Freundes. Ihr könnt es ja zu dritt machen. – Vor Wut hab ich gesagt: Das wär 'ne Möglichkeit. – Sie ist aufgesprungen und ins Bad. Ich hinterher. Sie hatte sich schon eingeschlossen. Mach auf!: ruf ich. Sie macht nicht auf. Im Bad ist es still. Mir wird mulmig. Ich denk: Da liegen meine Rasierklingen. – Ich ruf: Mach auf! – Aber es rührt sich nichts. Ich werf mich gegen die Tür, daß das Schloß wegsplittert. Sie sitzt auf'm Klo und weint. Aber lautlos.

Ihre Mutter hat jeden Tag angerufen. Stundenlang haben die miteinander gequatscht. Die Mutter kam jeden Sonntag zum Kaffee. Ich saß dabei und hab meinen Kaffee getrunken. Eines schönen Sonntags rührt die Alte in ihrer Kaffeetasse, guckt mich an und sagt zu ihrer Tochter: Dieser Kerl ist ein Sexualverbrecher. – Was hätt ich sagen sollen. Ich bin einfach rausgegangen.

Paar Tage später sagt meine Hübsche: Ich fahr übers Wochenende weg. Mit meiner Mutter. – Ich dachte: Auch gut. Zwei Tage Ruhe. – Ich hab gesagt: Schön für dich. –

Aber als sie weg war, dacht ich: Wahrscheinlich fährt sie zu ihrem Verflossenen. – Den konnt ich nicht ausstehen. Ein echter Büro-Arsch. Der hat immer noch angerufen, als ich mindestens schon vier Wochen bei meiner Schönen gewohnt hab. Ruf bitte nicht mehr an: hat sie gesagt. Aber der konnte nicht davon ablassen. Der wollte ihr einreden, daß ich nicht der Richtige für sie wär.

Das könnt ihr haben: hab ich mir gesagt. Ich kannte immer noch die, die immer wollte. Ich hab sie angerufen, und sie kam. Leider ist meine hübsche Reisende 'n Tag eher zurückgekommen. Die Frau in meinem Bett war kaltblütiger als ich. Sie hört den Schlüssel im Schloß, springt auf und zieht sich ihr Kleid über. Eh ich Klamotten anhatte, stand meine schöne Rückkehrerin schon im Schlafzimmer. Sie Hure!: schreit sie die andre an: Verschwinden Sie aus meiner Wohnung! – Die andre wollte das Laken vom Bett ziehen, weil's blutig war, aber das hat nicht mehr geklappt. Du Hure und Diebin!: schreit die Meine und reißt der andern das Laken aus'n Händen. Die andre ist gegangen. Zu mir hat meine Selbstmörderin gesagt, oder hat sie geschrien: Du bist schuld, wenn ich Schluß mache! – Sie hat das Laken losgelassen und ist zum Fenster. So schnell, ich kam gar nicht hinterher. Das Fenster aufgerissen, und raus. Gottseidank war's parterre. Ich zum Fenster, da steht sie schon wieder auf'n Beinen. Sie rennt über die Straße und schreit: Hilfe! Hilfe! – Ich hab mir die Hose angezogen und bin aus'm Fenster. Mitten auf der Straße hab ich die Frau eingefangen. Barfuß, mit nacktem Oberkörper steh ich da und red auf die Frau ein: Komm nach Hause! – Sie schlägt um sich, wird plötzlich still und läßt sich ins Haus führen.

Die Frau, die 'ne frische Windelhose bringt, sagt: Du ißt kaum noch, du trinkst kaum noch, du redest nicht mehr – was ist los?

Ich sag: Ich rede nicht mehr? Ich red die ganze Zeit.

Was sagst du? Ich versteh kein Wort: sagt die Frau. Sie dreht sich um und sagt: Jetzt ist allmählich Schluß mit dem.

Ich träum von meiner Mutter. Sie ist schwanger und sagt: Ich will kein Kind. Ich treib's ab. – Aber sie weiß nicht wie. Deshalb werd ich geboren. Dein Vater ist tot: sagt meine Mutter: Ich überleg, was ich anfange, wenn du tot bist. – Sie kramt Fotografien raus. Das ist dein Onkel: sagt sie: Und das ist dein Großvater. Neben deinem Großvater der, wer is'n das. Der kommt mir auch bekannt vor. – Ich sag: Das ist mein Vater. – Sie findet 'n kleines Foto von mir. Ich sag: Das bin ich. – Das bist doch nicht du: sagt sie. Sie findet 'n großes Foto von mir und sagt: Hier siehst du meinem Sohn ähnlich. – Ich sag: Schön, daß ich dich wiederseh. – Warum bist du gekommen: sagt sie: Hab ich Geburtstag? – Nein: sag ich. Sie sagt: Bist du mein Sohn oder bist du sein Bruder. – Egal: sag ich. Sie sagt: An alles hätte ich gedacht, nur nicht an dich. – Es ist Hochsommer, aber meine Mutter friert. Sie sagt: Die scheinen am Heizen zu sparen. – Meine Mutter wird so klein, daß sie in meine Hand paßt. Ach: denk ich: Jetzt ist sie doch noch vor mir gestorben. – Ich heiz den Ofen an und tu sie hinein.

Die Frau, die meine Windelhose gewechselt hat, sagt: Der scheint irgend was zu brabbeln.

Meine Fliege ist da! Sie sagt: Ich hab in der Küche auf'm Fensterbrett geschlafen, da haben die mich eingefangen. Ich bin erst wach geworden, als ich in der Hand von so einer Drecksau war. Die Hand hat nach Seife gestunken. Der hat mich am Flügel gepackt und in ein Glas gesteckt. Deckel drauf, und aus. Ich hab alles gesehen, aber ich konnte nichts machen. Ich dachte, ich werd verrückt. Ich weiß nicht, wie lange ich festsaß. Zwei Tage oder drei. Als der Seifenstinker Brotkrümel ins Glas tun wollte, bin ich raus und weg. Ich muß höllisch aufpassen. Ein zweites Mal dürfen die mich nicht kriegen. Die machen mich tot. Ich kann nur noch nachts zu dir kommen. Tagsüber muß ich mich verstecken.

Wir dürfen nur noch flüstern: hab ich gesagt.

Als die Zimmerdecke heller wurde, hat meine Fliege geflüstert: Ich muß jetzt fort.

Paß auf dich auf: hab ich geflüstert.

Die Frau, die mich nicht mehr hört, ist gekommen. Sie sagt: Die haben sich erkundigt, ob du noch ißt und trinkst. Ich hab gesagt: Kaum. – Wenn das so ist: haben die gesagt: dann fällt es nicht auf. Der kriegt ab heute gar nichts mehr. Dann hört auch sein Gepisse und Gescheiße auf. Aber die Windelhose bleibt dran. Irgend was läuft immer aus dem raus, und wenn es seine Gedärme persönlich sind. –

Ich hab gesagt: Und du?

Was?: hat die Frau gesagt.

Ich hab nichts mehr gesagt. Die Frau hat gesagt: Aber eines versprech ich dir. Wasser kriegst du von mir noch. Das nehm ich auf meine Kappe. Ich stell dir Blumen auf'n Nachttisch. Du kriegst das Wasser aus der Blumenvase.

Das geht jetzt schon 'ne Weile so. Die Frau holt 'n Pappbecher aus ihrer Kitteltasche und tränkt mich mit Blumenwasser.

Ich weiß nicht, was das für Blumen in der Vase sind. Das Blumenwasser schmeckt nicht schlecht.

Die Frau sagt: Komm, meine Hungerblume – und gießt mir was in den Hals. Manchmal denk ich: Das schmeckt nach Rosen. – Manchmal denk ich: Das schmeckt nach Nelken. – Manchmal denk ich: Das beruht auf Gegenseitigkeit. Was die Blumen mir jetzt abgeben, das kriegen sie zurück, wenn sie auf meinem Grab wachsen.

Seit ich nichts mehr zu essen krieg, schlaf ich mehr. Vielleicht ist das 'n Winterschlaf. Mir hat mal eine gesagt: Ohne Essen hält das ein Mensch 50 Tage lang aus. Du mußt aber gut ernährt und ganz gesund sein. – Ein Mensch bin ich, aber gut ernährt bin ich nicht. Andrerseits lieg ich vollkommen still. Das spart Energie.

Ich hab zu meiner Fliege gesagt: Das Hungern hat sein Gutes. Ich hab das Gefühl, ich hätt Champagner getrunken. Ich lieg gar nicht mehr auf der Matratze.

Wo liegst du denn: sagt meine Fliege.

Ich schwebe: sag ich: Ich fliege. Wir fliegen zusammen weg.

Toll!: sagt sie: Wir fliegen aufs Land. Ich hab Lust, meine Heimat wiederzusehen. Wir suchen uns 'n frischen Kuhfladen und machen's uns gemütlich.

Ach, mein Herzchen: hab ich gesagt: Du machst mir Hoffnung. Das Ende ist gar nicht das Ende. Es kommt noch was. Irgendwie hab ich das immer gewußt. Es kann mir egal sein, wie lang ich's ohne Essen aushalt. Je eher das Menschenleben aus ist, desto früher fängt das Fliegenleben an. Ich hab dich oft darum beneidet, daß du an der Zimmerdecke langspazieren kannst.

Ja: hat die Fliege gesagt: Wir sind nicht mehr verschieden. Sieh zu, daß du Schluß machst. Ich warte auf dich.

Ich hab nie gewußt, was Glück ist. Ich bin glücklich, und wenn ich mich frag: Wieso denn, Alter? –, dann sag ich mir: Weil ich 'ne Fliege sein will und wie 'ne Fliege bin. Ich bin, was ich sein will. Ich bin mit mir eins.

Ich hab immer falsch gelebt. Ich hab mich danach gerichtet, was die andern wollten. Schon meine Mutter hat zu mir gesagt: Schmatz nicht! – Aber wenn ich geschmatzt hab, konnt ich besser schmecken, wie das Essen schmeckt. Schon meine Mutter hat gesagt: Red nicht! – Aber wenn ich geredet hab, konnt ich besser denken. Meine Mutter hat gesagt: Onanier nicht! – Aber wenn ich onaniert hatte, konnt ich besser schlafen.

Eine von den Frauen, die ich gekannt hab, konnte nicht neben mir schlafen, weil ich im Schlaf mit den Zähnen geknirscht hab. Sie hat mir ihre Hand aufs Gesicht gehauen. Ihr Fingerring hat meine Zähne getroffen.

Ich hätt wissen müssen, warum ich mit den Zähnen geknirscht hab. Weil ich nicht schmatzen, nicht reden und nicht onanieren durfte. Irgend was muß man dürfen.

Die Fliege hat mich gefragt, ob ich drüber nachgedacht hab, was schön ist. Ich hab gesagt: Du bist schön. – Ach: hat sie gesagt: Sei doch ernst. – Also schön: hab ich gesagt: Mal ist das eine schön und mal das andre. Was schön ist, ist nicht immer schön. – Meine Fliege hat gesagt: Manchmal denke ich, mit dir kann man sich gar nicht unterhalten.

Ich hab gesagt: Mir hat einer aufgelauert, weil ich seine Frau gefickt hab. Ich geh ahnungslos um die Ecke, und der haut mir einen über die Rübe. Das war unschön. – Hör auf!: sagt meine Fliege.

Schnarche ich?: hab ich gesagt.

Nein: sagt meine Fliege.

Manche Frauen schnarchen: hab ich gesagt: Ich kann da nicht schlafen.

Na schön: sagt meine Fliege.

Manche Frauen riechen am Morgen aus dem Mund: hab ich gesagt.

Na und: sagt meine Fliege: Ich mag das. Aber ich meine was andres. Wie etwas aussieht. Wie etwas klingt.

Nein: sag ich: Darüber hab ich nie nachgedacht.

Meine Fliege sieht mich unzufrieden an. Sie sagt: Warst du verheiratet?

Geheiratet hab ich nie: hab ich gesagt. Meine Mutter hat zu mir gesagt: Willst du freiwillig unters Joch? – Ich hab gesagt: Unters Joch kommen doch die Frauen. – Das sieht nur so aus: hat meine Mutter gesagt: Dein Vater hat das zuerst auch gedacht. Heirate nie! – Meine Mutter hat mir viele Ratschläge gegeben. Das war der einzige, den ich immer befolgt hab.

Du hast nie geheiratet: sagt die Fliege: Also kannst du gar nicht wissen, warum du nie geheiratet hast.

Mein scharfsinniges Flügelchen: sag ich.

Meinst du wirklich?: sagt die Fliege.

Ich sag dir: sag ich: Ich weiß nicht, welche Frau zu mir

gesagt hat: Du bist ein typischer Manns-Idiot. Du hantierst mit mir herum, als wär ich dein Putzlappen. Ich bin kein Putzlappen, und ich gehöre nicht dir. Dich würd ich nie heiraten. Du müßtest erst kapieren, was ich bin. Ich will Kinder. Ich möchte einen Mann, der für mich da ist. Mein Mann muß kochen können, Wäsche waschen, Säuglinge füttern. Mein Mann muß da sein, wenn ich nicht da bin. Mein Mann muß *mein* Mann sein.

Meine Mutter hat zu mir gesagt: Du kannst dich dran gewöhnen. Du mußt die Frau nur lieben. Dann sehnst du dich sogar danach, ein Waschlappen zu sein.

Meine Fliege sagt: Ist das nicht langweilig?

Ich sag: Meine Mutter hat gesagt: Zumindest ist es beruhigend.

Und die Frau?: sagt meine Fliege.

Meine Mutter hat gesagt: Die langweilt sich. Sie geht zu ihrer Freundin und sagt: Mein Gott, dieser Mann hofft womöglich noch, daß ich ihm ein Kind mache. Der riecht nach Waschpulver und Grießbrei. Der stellt mir die Pantoffeln vor die Füße. Der fragt, ob er in der Küche 'ne Zigarette rauchen darf. Hab ich 'ne Kinderfrau geheiratet oder 'ne Wäscherin. – Und wenn du zu ihr sagst: sagt meine Mutter: du hast es doch so gewollt, mein Liebling! –, dann sagt die Frau: Ich wollte einen Mann.

Dann wirst du gleichgültig: hat meine Mutter gesagt: Die Frau sieht sich inzwischen nach 'nem andern um. Sie will ihren Kopf an seine breite Brust legen und daß er ihr die Tränen vom Gesicht küßt.

Und du?: sagt meine Fliege.

Ich?: sag ich: Meine Mutter hat gesagt: Jetzt haßt du diese Frau. Du rechnest ihr vor, was du alles für sie getan hast. Aber sie sagt: Ich habe dich nicht dazu gezwungen! Wenn du alles unfreiwillig getan hast, bist du sowieso nicht der Richtige für mich. Ich will einen Mann, der freiwillig für mich da ist.

Ich sag zu meiner Fliege: Ich möchte *dich* heiraten.

Kirchlich?: sagt meine Fliege.

Ach, weißt du: sag ich: Ich bin gottlos. Das weißt du doch.

Meine Fliege sagt: Ich träume von einer weißen Hochzeit.

Das wird nicht gehen: sag ich.

Dann lassen wir es lieber: sagt meine Fliege: Schließlich ist es sowieso Wurscht.

Einmal wollte 'ne Frau *mich* heiraten: sag ich: Es war die, die zu mir gesagt hat: Ich will nicht, daß dein Kind dich kennenlernt. Sonst wird es noch genauso ein Scheißtyp wie du. – Sie hat gesagt: Das kannst du meinen Eltern nicht antun, daß ich ein uneheliches Kind kriege. – Ich hab gesagt: Ich hab dich nicht darum gebeten, ein Kind zu kriegen. – Sie hat gesagt: Du bist kalt wie Hundeschnauze. Schließlich ist das Kind unterwegs. – Ich hab gesagt: Das Kind ist noch gar nicht da, und du denkst schon ans Heiraten. – Sie sagt: Das Kind braucht einen Vater. – Den hat es: hab ich gesagt. Sie sagt: Der Vater muß dasein, wenn es auf die Welt kommt. Es muß sich jemand um das Kind kümmern. Außerdem krieg ich keinen anderen Mann, wenn ich schon ein Kind hab. – Ich hab gesagt: Versuch's doch, solang das Kind noch unterwegs ist. – Sie sagt: Dazu ist es zu spät. – Ich sag: Wieso. – Sie sagt: Denkst du, der merkt nicht, daß ich im fünften Monat bin? Außerdem, im fünften Monat laß ich keinen rauf. Der rammelt mir noch mein Kind aus'm Bauch.

– Ich hab gesagt: Mach, was du willst. Aber heiraten tu ich dich nicht. Ich heirat nie. Meine Mutter hat gesagt... – Sie sagt: Deine Mutter! Diese Hexe! Was geht mich deine Mutter an. Bist du ein Mann oder ein Muttersöhnchen. Fick doch deine Mutter. Die kannst du dann heiraten. – Ich war beleidigt. Ich hab gesagt: Jetzt ist es endgültig aus. Meine Mutter laß ich von dir nicht beleidigen. – Sie sagt: Deiner Mutter wünsche ich die Pest an den Hals. Und dir die Krätze. Elender Ficker. Hätt ich mich bloß nicht mit dir eingelassen. Mein Kind tut mir schon jetzt leid, daß es ein Arschloch zum Vater hat. Du kannst bloß rumficken und dämlich daherquatschen. Aber die Verantwortung für dein Gequatsche und Geficke übernimmst du nicht. – Ich sag: Halt das Maul! Hättest du dich doch vorgesehen. – Ja!: hat sie gesagt: Ich! Du brauchst das ja nicht. Für dich ist das ja Weibersache. Aber ich sage dir – *die* Zeiten sind vorbei. Wer nicht aufpaßt, muß auch die Folgen tragen. – Das sag ich doch: hab ich gesagt. Da hat sie sich 'ne große Salatschüssel gegriffen und hat mir die Schüssel auf die Füße geknallt. Das hat sehr weh getan. Bist du wahnsinnig?: hab ich gesagt. Sie hat nach der vollen Kaffeekanne gelangt, aber ich bin raus aus der Küche. Ich laß mich doch nicht auf so was ein, mit Geschirr schmeißen. Genau in dem Moment, wo die Küchentür zugekracht ist, hat die Frau aufgeschrien. Dann hat sie laut geweint. Ich bin aus der Wohnung gegangen. Das kann ich am allerwenigsten vertragen, Weibergekreisch und Geheule.

Meine Fliege hat gesagt: Ich verstehe diese Frau nicht. Hat sie gar keinen Stolz?

Doch: hab ich gesagt: Aber 'n andern als du.

Die Fliege sagt: Daß du dich nicht um deine Kinder gekümmert hast, ist normal. Fliegen kümmern sich nicht um ihre Kinder. Das lebt schon.

Ja: sag ich: Aber damals war ich noch 'n Mensch. Menschen kümmern sich um ihre Kinder. Irgend 'ne Frau hat zu mir gesagt: Du bist kein Mensch, du bist ein Tier. – Ich muß 'ne verkappte Fliege gewesen sein.

Ich freue mich darüber: sagt die Fliege.

Ja: sag ich.

Trauerst du dem Menschenleben nach?: sagt die Fliege.

Nein: sag ich: Wie kannst du das fragen, wo ich jetzt dich hab.

Du wirkst so verkrampft: sagt die Fliege.

Das kommt vom Absterben: sag ich.

Aber du lebst doch auf: sagt die Fliege.

Dann kommt es von den Gedanken an meine Kinder: sag ich: Ich weiß nicht, wieviel ich hab. Ich weiß nicht, was aus ihnen geworden ist. Ich weiß nicht, wo sie leben.

Vielleicht sind es nur wenige: sagt die Fliege: Du hast so vieles vergessen. Vielleicht hast du auch vergessen, daß du von den Frauen verlangt hast, sie sollen die Kinder abtreiben.

Das hab ich nie verlangt: sag ich: Der Menschengott ist mein Zeuge.

Dem Fliegengott wär's egal: sagt die Fliege.

Ich sag: Meine Mutter hatte 'ne Freundin zu Besuch, die was über mich wissen wollte. Meine Mutter wußte nicht, daß ich im Nebenzimmer sitz und mich vollaufen laß. Hat dein Sohn Kinder?: hat die andre gesagt. Kinder?: hat meine Mutter gesagt: Was will der mit Kindern! Der hat schon so viele Kinder abtreiben lassen, die füllen 'ne komplette Schulklasse. – Ich war schon ziemlich blau. Sonst wär ich rübergegangen und hätte gesagt: Das ist eine Lüge! – Seinerzeit hab ich mich noch nicht getraut, meine Mutter Lügnerin zu nennen. Ich hätte zu ihr gesagt: Vielleicht redest du von dir!

Meine Mutter hat oft gelogen. Ich hatte 'n Brief gekriegt von 'ner Frau, die geschrieben hat, daß sie mich liebt. Und die hat meiner Mutter gefallen. Meine Mutter hat zu mir gesagt: Das ist die Passende für dich. Sie hat Geld, und sie kann kochen. Du mußt dich versorgen, solange du noch jung und knackig bist. Ich kann nicht ewig für dich aufkommen. – Ich hab gesagt: Soll ich mit 'nem Scheckbuch ins Bett gehen? Oder mit 'nem Kochbuch? – Meine Mutter hat gesagt: Nimm dir deinen Cousin zum Vorbild. Seine Frau ist reich, und sie ist 'n Hausmütterchen. Dein Cousin hat schon ausgesorgt, und das in deinem Alter.

Jedenfalls, ich hab damals 'ne andere geliebt. Die hat meiner Mutter nicht gefallen. Meine Mutter hat gesagt: Die hat nichts, und die kann nichts. Wovon wollt ihr denn leben. Etwa von meinem Geld? – Ich hab gesagt: Aber die lieb ich! – Quatsch!: hat meine Mutter gesagt: Liebe! Das ist keine Frau zum Heiraten. – Ich hab gesagt: Du redest von Heirat? Du hast doch zu mir gesagt, ich soll nie heiraten. – Jaja: hat meine Mutter gesagt: Hab ich etwa gesagt, du sollst dich nicht versorgen? Wenn du irgend 'ne arme Kirchenmaus heiraten willst, weil du die angeblich liebst, dann bin ich dagegen. Das ist keine Heirat, das ist Schwachsinn. Mit Heiraten meine ich für die Zukunft sorgen.

Den Brief von der Frau, die geschrieben hat, daß sie mich liebt, den hat meine Mutter aus meinen Sachen geklaut. Eines schönen Tages treffe ich die, die *ich* geliebt hab, im Stadtpark. Wir setzen uns auf 'ne Bank, und sie zieht diesen

Brief aus ihrer Handtasche. Hier, der Liebesbrief deiner Braut: sagt sie: Anstatt mir offen zu sagen, daß du was mit 'ner andern hast, steckst du mir ihren schmierigen Wisch in den Briefkasten. Das ist so unsäglich geschmacklos, ich finde dafür keine Worte. – Ich saß da wie behämmert. Weil ich mich für meine Mutter geschämt hab, bin ich noch rot geworden. Jetzt ist es dir peinlich, wie ich sehe: sagt die Frau, die ich wirklich geliebt hab: Aber jetzt ist es zu spät. Jemand, der so was macht, ist in meinen Augen ein Hosenscheißer. – Ich sag: Aber um Himmelswillen! Hör doch mal zu! – Sie sagt: Ich will von dir nichts mehr hören. – Ich sag: Das hab ich nicht gemacht! – Sie sagt: Und wie kommt dieser Brief in meinen Briefkasten? – Dabei hat sie mit dem Brief vor meiner Nase gewedelt und den Brief auf meinen Schoß fallen lassen. Ich sag: Das kann nur meine Mutter gewesen sein. – Jaja, deine Mutter. Du hast nicht mal den Mumm, für deine miese Art geradezustehen. Das ist doch das Letzte: sagt sie. Ich schwör's dir!: sag ich: Ich hab den Brief nicht in deinen Briefkasten gesteckt. Was hätt ich denn davon gehabt.

Sie hat eingesehen, daß es meine Mutter gewesen sein mußte. Aber aus war es mit uns trotzdem.

Meine Mutter hat gesagt: So was mache ich doch nicht. Willst du mich beleidigen? Ich weiß gar nicht, wo dein Liebchen wohnt. – Da hatte sie zum zweitenmal gelogen. Die Adresse hatte ich ihr selber gesagt.

Meiner Mutter hab ich seitdem nie mehr getraut. Briefe hab ich nicht mehr zu Hause liegen gelassen. Meine Mutter konnte scheißfreundlich sein, aber ihr verkniffnes Gesicht und ihr Blick waren 'ne einzige Gemeinheit. Ich hab zu ihr gesagt: Ich könnte dich auf 'n Mond schießen. – Weißt du, was ihre Antwort war?: Wer noch eine Mutter hat, der danke Gott und sei zufrieden. Nicht jedem auf dem Erdenrund ist dieses hohe Glück beschieden.

Die Fliege hat gesagt: Ich hab meine Mutter Gottseidank nie kennengelernt.

Ich sag: Vielleicht hab ich gar nicht so viel Kinder. Ob viel oder wenig – was ist aus ihnen geworden?

Was soll aus ihnen geworden sein: sagt die Fliege: Menschen. Sieh doch mich an. Ich bin auch eine Fliege geworden.

Und wo sind sie?: sag ich: Man könnte sie benachrichtigen: Kommen Sie! Ihr Herr Vater liegt im Sterben. – Ich möcht meine Kinder gerne mal sehen.

Du würdest sie gar nicht erkennen: sagt die Fliege: Willst du ihnen das antun, daß sie sagen müssen: Grüß dich, Vater! Ich bin dein Sohn. – Hallo, Alter! Ich bin deine Tochter. – Was willst du antworten? Etwa: Du bist meine Tochter? – Du bist mein Sohn? – Das kränkt. Vielleicht denken sie: Das soll ein Vater sein? Wären wir bloß weggeblieben. – Oder sie fragen dich: Warum hast du dich nicht um uns gekümmert? – Oder sie hoffen, daß du ihnen was vererbst. Was denn! Deine Klamotten? Deine Wäsche? Deine Schuhe? Vielleicht sind sie dagegen, daß du mit mir zusammenlebst. Womöglich verscheuchen sie mich. Oder sie schlagen mich tot.

Nein: sag ich: So sind sie bestimmt nicht. Sie könnten doch sehen, daß ich selber 'ne Fliege bin. Warum sollten sie da was gegen dich haben. Dann müßten sie auch mich totschlagen.

Außerdem müßten sie dich beerdigen: sagt die Fliege: Willst du sie in diese Verlegenheit bringen? Menschen nehmen das sehr ernst. Da wird geweint. Da wird geredet. Das kostet Nerven, und das kostet Geld. Du hast doch nichts. Sollen deine Kinder noch dafür bezahlen, daß du ihnen nie Geld gegeben hast? Laß deine Kinder aus dem Spiel. Sie haben dich nicht kennengelernt, und sie werden dir ein einziges Mal dankbar sein – dafür, daß sie dich nicht kennenlernen müssen.

Du hast recht: sag ich: Vielleicht sind sie dagegen, daß auf meinem Sarg 'n Lautsprecher steht und 'n Blues abgespielt wird.

Bei Fliegen ist alles viel einfacher: sagt die Fliege: Du fällst irgendwo hin und bleibst liegen, bis dich 'n Vogel wegpickt oder bis dich 'ne Hausfrau mit'm Handfeger auf die Schaufel kehrt. Wenn bei jeder toten Fliege so ein Sums veranstaltet würde wie bei einem toten Menschen!

Kannst du bügeln?: sag ich.

Nein: sagt die Fliege: Wie kommst du jetzt darauf.

Mein Totenhemd müßte aufgebügelt werden.

Jetzt aber bitte keine Rückfälle: sagt die Fliege: Du brauchst doch nicht so etwas. Du schlüpfst aus deiner Windelhose und fliegst auf und davon.

Ach ja: sag ich: Entschuldige. Aber...

Ja? Was ist?: sagt die Fliege.

Kochen kannst du.

Nein: sagt die Fliege: Wieso jetzt das?

Wer kocht meine Henkersmahlzeit?

Mein Gott!: sagt die Fliege: Ich hab dir doch gesagt, wir gehen sofort nach deinem Tod aufs Land. Da ißt du, was du willst. Du mußt doch nicht vorher noch essen.

Ich bewunder meine Fliege. Sie ist schön, und sie ist klug. Fast alle Frauen, die ich kannte, waren noch dämlicher als ich. *Fast* alle. Manche waren klüger. Grade die hab ich am meisten geliebt. Meine Mutter war auch dämlicher als ich. Deshalb konnt ich sie nicht besonders lieben. Ich denk oft: Meine Fliege ist die Klügste von allen. – Ich liebe sie über alles.

Wär meine Mutter klüger als ich gewesen, dann hätt ich wahrscheinlich diejenigen Frauen am meisten geliebt, die dümmer als ich waren. Mit dummen Frauen kommt man angeblich leichter klar.

Für die bist du der liebe Gott. Die fragen dich: Was soll ich anziehen? – Was soll ich essen? – Was soll ich sagen? – Die fragen dich: Was kann ich für dich machen? – Du kannst sagen: Frühstück, Mittag, Abendbrot. – Du kannst sagen: Wäsche waschen, Hemden bügeln, einkaufen gehen. – Wenn du pleite bist, kannst du sagen: Wo ist dein Geld? – Wenn du keinen Bock aufs Ackern hast, kannst du sagen: Geh bißchen arbeiten! – Dumme Frauen lassen sich leichter ficken – du brauchst bloß das Wort Liebe einzuflechten. Die lassen sich auch leichter bescheißen. Hauptsache, sie lieben dich. Dann hört bei denen der Durchblick auf. Sie müssen dich mehr lieben als du sie. Wer mehr liebt als du, den kannst du um den Finger wickeln!: hat meine Mutter gesagt. Scheiße, jetzt kommt mir wieder meine Mutter dazwischen. Jedenfalls – dumme Frauen himmeln dich auch an, wenn du nur noch Scheiße baust. Bei denen kannst du tierisch auf die Kacke hauen.

Aber ich, ich bin mit dummen Frauen nie leichter klargekommen. Wenn dir die Dummen hinter die Kulissen gukken, kann's heikel werden.

Die kreischen, daß die Nachbarn an die Wände klopfen. Die schmeißen mit Geschirr. Die kratzen, beißen und schlagen. Die zünden dir die Bude an. Dann nützt dir deine ganze Schlauheit nix. Der Klügere gibt nach, und schon ziehst du den kürzeren.

Frauen, die klüger waren als ich, waren für mich auch immer die hübscheren. Klar, ich hab hübsche Dumme erlebt. Aber wirklich schön waren die nicht. Die Schönheit muß von innen kommen, vom Gehirn her. Das hab ich schon in der Schule kapiert. Ich hatte 'ne Lehrerin, die hab ich geliebt, weil sie die Klügste war und deshalb die Schönste. Ich saß in der ersten Reihe, und als die Pause anfing, und alle waren schon aufgestanden, und alles ging durcheinander, und die Lehrerin stand vor meiner Bank, da hab ich sie kurz an die Titten gefaßt. Das hat keiner gesehen. Die Lehrerin guckt mich groß an und geht 'n halben Schritt zurück. Ich war der Dumme.

Immer hab ich mir 'ne gescheite Ärztin gewünscht. Ich bin nur zu *Ärztinnen* gegangen, wenn ich zum Arzt mußte. Entweder ich hatte was auf der Lunge oder ich hatte was am Bauch. Hatte ich was auf der Lunge, hat sie gesagt: Machen Sie Ihren Oberkörper frei. – Ich hab die Brust rausgestreckt, und sie hat mich abgehorcht. Auf dem Rücken hatt ich's am liebsten. Ihr Atem in meinem Nacken! Dann hat sie mich abgeklopft. Ihre Finger auf meiner Haut! Hatte ich was am Bauch, hat sie gesagt: Machen Sie sich frei und legen Sie sich auf die Liege! – Ich hab den Bauch eingezogen, und sie hat mich abgetastet. Ihre Hände auf meinem Bauch! Ich hatte sofort einen stehen. Das muß sie gesehen haben. Aber sie hat getan als wär nix. Sie können sich wieder anziehen! – Ganz sachlich. Ich hab mir immer 'ne gescheite Ärztin gewünscht. Aber keine hat sich auf mich eingelassen. Die waren *zu* gescheit.

Wenn ich an Mösen denk, seh ich nur noch die Möse vor mir, die von allen die feinste war. Wie andre Mösen aussehen, hab ich vergessen. Andre Mösen hab ich auch schon vergessen, als ich noch nicht alles vergessen hab. Kaum hatte ich die Frau gewechselt, hab ich die alte Möse vergessen. Ich hab nur noch die gesehen, die ich grade hatte. Nur die eine, die das Feinste war, was ich gesehen hab, die hab ich nie vergessen. Ich weiß auch noch, wie sie gerochen und geschmeckt hat. Nach Pfifferlingen hat sie gerochen. Pfifferlinge sind mein Leibgericht. Wenn ich tot bin und mit meiner Fliege aufs Land geh, dann flieg ich in den Wald und such Pfifferlinge.

Andre Mösen haben anders gerochen. Ich weiß nicht mehr, wie welche Möse gerochen hat. Aber die eine hat nach Blut gerochen und die andre nach Fisch und die dritte nach Zimt und die vierte nach Zwiebel und die fünfte nach mir. Nach Pfifferlingen hat keine gerochen, außer der einen.

Ich hab 'ne Frau gefragt, ob sie sich an andre Schwänze erinnert. Sie hat gesagt: Ungenau. Ich hab nur den Schwanz im Sinn, den ich grade hab. Aber warum fragst du mich. Willst du hören, daß die andern dicker und länger waren, damit du den Othello spielen kannst? Oder willst du hören, daß die andern kürzer und dünner waren, damit du dir wie Goliath vorkommst? Das ist doch unwesentlich. Hauptsache, wir passen gut ineinander und haben Spaß. Egal, wie lang und dick deiner ist. Verstehst du das, du Muskulinum? Ich frag dich auch nicht, wie eng andre Mösen waren.

Dick, dünn, lang, kurz!: hab ich gesagt: Ich will wissen, wie sie gerochen und geschmeckt haben! – Findest du nicht, daß das ein bißchen weit geht?: hat sie gesagt: Also gut, der eine war rötlich, und der andre war bräunlich, und der dritte war bläulich, und einer war schwarz, weil das ein Schwarzer war. Gerochen? Nö, die haben alle nicht besonders gut gerochen. Geschmeckt hat's nach nix, höchstens bißchen süßlich.

Ich frag mich, wie alt ich geworden bin. Ich hab die Frau gefragt, die mich mit Blumenwasser tränkt: Kannst du in meinem Ausweis nachsehen, wann ich geboren bin? – Sie hat getan als versteht sie mich nicht, und hat gesagt: Ich bin allerhand gewöhnt, aber wenn das zerfranste Maul von dem zuckt, wird mir anders. Gibt es denn keinen Gott? Warum muß das immer noch leben.

Ich hab zu meiner Fliege gesagt: Alles vergeß ich.

Alles nicht!: hat sie gesagt: Du hast mir viel erzählt.

Ach, mein Krabbelchen: hab ich gesagt: Ich red, weil ich mir sag: Ich wüßte 'ne Menge. Ich darf jetzt nicht einfach schweigen.

Meine Fliege sagt: Hauptsache, du vergißt *mich* nicht.

Das meiste aus meinem Leben ist weg, aber du bist da.

Da siehst du es: sagt die Fliege: Dein Menschengedächtnis läßt nach, aber dein Fliegengedächtnis arbeitet.

Ich küsse deine Flügel. Du bist klug, schön und erwachsen! Ich hab schon denken müssen: Ohne Gedächtnis hat das Leben keinen Sinn. – Aber ich hab ja mein Fliegenleben. Das braucht kein Menschengedächtnis.

Du hast recht: sagt meine Fliege: Einen Sinn braucht dein Menschenleben nicht mehr. Deshalb brauchst du dich auch nicht zu grämen, daß du dein Alter vergessen hast. Wozu mußt du dein Alter kennen. Das mußtest du nur, damit du wußtest, wann du in die Schule kommst und wann du Rente kriegst. Dein Alter ist vollkommen uninteressant.

Immerhin sterb ich als Mensch: hab ich gesagt: Die Menschen sagen: Er starb im Alter von soundsoviel Jahren.

Warum sagen die das?: sagt meine Fliege: Die messen ihr Alter am Toten. So ein Mensch sagt: Ich bin sieben Jahre jünger als der. Ich lebe noch sieben Jahre. – Pustekuchen. Vielleicht knallt er in der nächsten Minute an 'nen Baum. Für dich ist das alles schnuppe. Das ist nicht zu ändern. Sei doch glücklich, daß du dein Menschenleben vergißt. Nebenan lag einer im Sterben. Der hat jeden Tag gesagt: Ich will nach Hause. Aber es gibt kein Zuhause mehr. – Das war bloß ein armseliger Mensch. Aber du wirst eine Fliege. Als Fliege bist du jung. Du hast dein Fliegenleben noch vor dir.

Du bist erstaunlich: sag ich: Du bist viel klüger als ich. Ich liebe dich.

Ach, weißt du: sagt die Fliege: Du denkst immer noch ein bißchen wie ein Mensch. Das Fliegenleben ist kurz, im Fliegenleben lernst du schnell.

Ich muß dir beichten, daß ich als Mensch nicht viel von Fliegen gehalten hab: sag ich.

Das versteh ich schon.

Mir hat in der Kneipe einer gesagt: Loch ist Loch! – Ich hab gedacht: Der hat weniger Hirn als 'ne Fliege. Jedes Loch ist anders. – Jetzt, wo ich 'ne Fliege werd, halt ich nicht mehr viel von Menschen.

Aber 'ne Sehnsucht hab ich noch. Meiner Fliege sag ich davon nichts. Sie ärgert sich bloß. Kürzlich hab ich ihr gesagt, wie gern ich Zeitung gelesen hab. Menschenkram!: hat sie gesagt.

Ich möcht noch mal hören, wie ich gepißt hab. Mit voller Blase in die Pißbude, Hose auf, und los. Einen klaren vollen Strahl ohne Pause bis zum Schluß. Den Schwanz geschüttelt, in die Hose gestopft, fertig. Und nicht vor der Rinne stehen und warten, bis die Pisse endlich kommt, und dann läuft es, und dann nicht mehr, und dann doch wieder, und dann weißt du nicht: Hast du ausgepißt? –, und dann tröpfelt noch was nach, und wenn du denkst: Das war's! – und schiebst deinen Schwanz in die Hose, dann kleckert es in der Hose weiter.

Ich möcht noch mal hören, wie die Frauen gepißt haben. Wie die Pisse in 'nem großen Schwall rausschießt, wie die Pisse satt niederrauscht und ich an Wasserfälle gedacht hab – das möcht ich noch mal hören.

Ich möcht nur noch *ein* Mal hören, wie 'ne Frau, weil ich nicht abwarten kann, zu mir sagt: Du kannst nicht rein, ich bin noch trocken! –, und wie ich ihr aufs Loch spuck und mich reinschieb, und wie sie sagt: Jetzt geht's.

Wo ich jünger war, hab ich mir gewünscht, daß ich beim Ficken krepier. Du bist ganz oben und – zack! kannst für immer oben bleiben. Selber bin ich gar nicht drauf gekommen. Hat mir 'ne Frau ins Ohr gesetzt, den Floh. Wie ich abspritz, sag ich zu ihr: Ich glaub, ich krepier! – Sie sagt: Bloß nicht. Den Ärger hatte ich schon. – Waas?: sag ich. Sie sagt: Der war älter. Seine Frau wollte nicht mehr. Kam er zu mir. Der stöhnt sich einen ab, genau wie immer, und bleibt auf mir liegen. Ich sag: Eh! Schlaf nicht ein! – Keine Antwort. Ich sag: Das wird mir zu schwer! – Wieder nix. Ich schieb den weg, der rührt sich nicht. Ich sag: So schnell bist du nie eingeschlafen. – Ich steh auf, mach Licht, und da seh ich – die Zunge raus, die Augen verdreht, ach du grüne Scheiße. Ich wußte nicht, was jetzt. Ich hab mich angezogen, hab 'ne Zigarette geraucht und hab seine Frau angerufen.

Und?: sag ich.

Die hat gedacht, ich will sie verscheißern. Die immer nur: Wer sind Sie? Wo wohnen Sie? Wie ist Ihre Telefonnummer? – Ich bet alles zweimal runter und sag: Rufen Sie die Polizei an! – Die kam dann. Mit'm Arzt. Die Frau kam nicht.

Ich bin nicht verheiratet: sag ich.

Die Polypen haben mich stundenlang ausgequetscht. Ich war bedient bis oben hin. Nie wieder so'n Alten: hab ich mir gesagt. Und jetzt fängst du damit an. Du bist doch jung.

Noch *ein* Mal meine Hand auf 'ne süße Möse legen, die Haare zwischen den Fingern, mit dem Mittelfinger vom Arschloch bis zum Mösenloch, über den Mösenrand in die Möse, die Hand wieder auf die Möse.

Und die linke Titte in die Hand nehmen, und die rechte Titte in die Hand nehmen.

Das hört nie auf. Und ich lieg hier und kann keinen Finger mehr rühren, und das Warme und Weiche um meinen Schwanz rum, das ist meine eigene Pisse und Scheiße.

Mir ist, als wär ich im Kino. Ich seh 'nen Film, den ich schon gesehen hab.

Ich will nicht mehr sehen, wie ich bei meinem zweiten Mädchen rechtzeitig das Loch find und wie ich mich wunder, wie leicht das geht, und dabei hatt ich gedacht: Entjungfern, das geht nicht so leicht! –, und ich bin stolz, daß ich das kann, und hinterher sagt die Kleine: Mit dem, der mich entjungfert hat, war's schöner.

Das will ich nicht noch mal sehen, daß ich zum erstenmal mit 'nem Mädchen im Bett lieg, und ich geh drauf und find ihr Loch nicht, und alles geht daneben, und das Mädchen sagt: Krieg ich jetzt 'n Kind von dir?

Das kann ich nicht mehr sehen, das Mädchen, das in der Schule zwei Reihen vor mir saß, und wie ihr Nacken aussah, und daß ich nichts andres mehr gesehen hab, und wie ich am Nachmittag in 'n Wald gelaufen bin, und wie ich auf 'ne Waldwiese komm, und wie das Mädchen in der Wiese liegt mit dem Idioten, der in der Schule 'ne Reihe vor mir saß.

Mir wird schlecht, wenn ich seh, wie ich mit diesem Idioten durch die Gegend gezogen bin im Sommer, und mitten in 'nem Feld sagt der: Wenn uns jetzt 'ne Puppe übern Weg läuft, die legen wir flach und stoßen sie, ob sie will oder nicht –, aber wir sehen keine, und hinter dem Feld kommt 'n Wald, und dieser Idiot sagt: Ich geh als erster rauf, und du hältst sie fest –, und hinter dem Wald kommt 'n Gebüsch, und der Idiot stellt sich vor 'nen Busch, und ich stell mich vor 'nen Busch, und der zieht sein Ding aus der Hose und holt sich einen runter, und ich zieh mein Ding raus und hol mir einen runter.

Mir kommt's hoch, wenn ich mich seh bei dem Bauer, wo ich in den Schulferien war, und ich weiß nicht wohin auf der Wiese in der Sonne, und die Ziegen links und rechts mit ihrem Geknabber und Gemecker, und die Schwarze frißt sich an mich ran und leckt meinen Schwanz, daß ich aufspring und sag: Ich fick dich! –, aber wie ich ihr verschissenes und schleimiges Loch vor mir hab, wird mir schlecht, und ich tret ihr in die Beine, daß sie meckert und fortspringt.

Ich möcht absaufen, wenn ich mich in der Badewanne stehen seh, und meine Mutter seift meinen Rücken ab, und mein mieser kleiner Schwanz wird steif, und ich will mich nicht umdrehen, und ich tauch ab, und meine Mutter sagt: Was soll denn das! Ich bin noch nicht fertig!

Warum muß ich auch noch sehen, wie ich scheiß, und das

Scheißhaus ist frisch gestrichen, und mir dreht sich alles, wenn die Scheiße langsam aus meinem Arsch drückt, und ich zieh den Scheißgeruch und den Farbgeruch ein und bin scharf auf den nächsten Schiß.

Ich hab zu der Frau, die mir gesagt hat, daß auf ihrem Bauch einer gestorben ist, gesagt: Das meiste, was ich über Männer weiß, hab ich von Frauen gehört. – Die Frau hat gesagt: Das meiste, was ich über Frauen weiß, hab ich von Männern gehört. – Ich sag: Männer interessieren mich nicht. Ich will nur wissen, ob andre Männer genauso blöde sind wie ich. – Die Frau sagt: Ja. Mich interessieren Frauen nicht. Die sind alle genauso blöde wie ich. – Ich sag: Männer wollen nur eins – ficken. – Die Frau sagt: Frauen wollen nur eins – gefickt werden. – Wir waren uns einig und haben mit Ficken angefangen.

Das ist wenig, was ich über Frauen und Männer weiß. Zu mehr hab ich's nicht gebracht. Inzwischen weiß ich was über Fliegen. Das ist auch nicht viel, aber mich hält munter, daß ich noch mehr rauskrieg. Ich hab 'ne Chance.

Ich hab nicht genug gehabt vom Leben. Die paar Frauen. Mit keiner ist es was geworden. Wahrscheinlich, weil ich nie genug kriegen konnte. Das ist das Miese und Blöde an mir. Ich bin 'ne Null, 'n schwachsinniger geiler Scheißer, der sich alles versaut hat. Von Frauen wollt ich das nie hören. Jetzt sag ich's mir selber, damit ich mit meiner Fliege was andres aus'm Leben mach. Warum mußt ich erst total auf der Schnauze liegen, eh ich kapiert hab, daß ich die Frau, die ich such, nie find, wenn ich dauernd *andre* Frauen such. Seit ich meine Fliege hab, seh ich klar – du kannst alle in einer finden.

Warum hab ich das nie kapiert? Die Frauen, die ich am

allermeisten geliebt hab – warum kommt keine von denen? Zu einer hab ich mal gesagt: Ich freu mich, dich zu sehen! – Sie hat gesagt: Es ist mir im Moment nicht das wichtigste, von dir gesehen zu werden. – Da wußt ich plötzlich, was für ein Arschloch ich bin. Ich kam mir doch immer vor wie der Mittelpunkt der Erde. So hieß meine Stammkneipe. Alles dreht sich um mich. Die andern sind bloß da, damit sie um mich rumstehen. Deswegen konnt ich nie Karten spielen oder Schach oder mit Würfeln. Ich konnt nicht verlieren. Wenn ich verloren hatte, war ich beleidigt. Eine hat gesagt: Das ist doch nur 'n Spiel! – Für mich nicht.

Ich konnte nie hören, daß jemand an mir rummäkelt. Bei mir ist doch alles bestens: hab ich gedacht.

Daß es außer dir noch andre gibt, das geht nicht in deinen Kopf!: hat eine zu mir gesagt. Die hatte recht. Ich hab nur gesehen, daß es außer ihr noch andre gab.

Meine Schulzeit war 'n einziges Drama, weil's immer welche gab, die besser waren als ich. 'ne Weile hab ich gedacht: Verleg dich auf'n Sport, damit du wenigstens dort 'ne Kanone bist. – Dann kam der Langlauf. 10 Kilometer. Nach 3 Kilometern bin ich ausgestiegen. Ich stand am Rand und hab gekotzt, so kaputt war ich.

Meine ganze Schulzeit war Krampf. Aber ich wollt's nicht einsehen. Ich hab's auf die Lehrer geschoben. Auf den Gedanken, daß ich nur zweite Wahl war, bin ich nicht gekommen. Durchschnitt. Ein Versager. Ich wollt immer mehr sein als ich bin.

Eine von den Frauen, die ich am meisten geliebt hab, hat zu mir gesagt: Dreh dich nicht stundenlang vorm Spiegel, davon wirst du nicht schöner.

Nie war ich damit zufrieden, wie ich ausseh. Entweder

ich wollt größer sein – hab ich mir Schuhe mit dicken Sohlen gekauft. Oder ich wollt stärker sein – hab ich mir 'ne Jacke mit wattierten Schultern gekauft. Ich hab mir sogar 'ne Brille mit Fensterglas besorgt, damit ich schlauer ausseh. Eine hat zu mir gesagt: Das paßt nicht zu dir, mit deinem Quadratschädel.

Jetzt, wo ich im Arsch bin, ist mir alles egal. Meinetwegen seh ich aus wie 'ne verfaulte Kohlrübe. Aber daß das so lange gedauert hat!

Ich wollt immer nur vierblättrigen Klee, ich Rindvieh.

Welche Frau war das, die zu mir gesagt hat: Auf deinen Schwanz brauchst du dir nichts einzubilden. Der ist nicht besser als andre Schwänze. Wenn du mir nicht sympathisch wärst – dein Schwanz tät's auch nicht. Da hab ich schon andre gehabt, aber die dazugehörigen Kerle waren mir zu knochig oder zu spitzfindig oder sie haben zuviel gequatscht.

Ich kam nicht drüber weg, daß sie von Kerlen geredet hat, die zu den Schwänzen gehören. Daß ich von Frauen geredet hätt, die zu den Mösen gehören, daran kann ich mich nicht erinnern.

Ich hab plötzlich 'n Gefühl wie Durst.

Wahrscheinlich ist Nacht, meine Fliege ist gekommen. Ich flüster: Mein Herz! – Die Fliege flüstert: Willst du nicht bald sterben? Es wird Frühling. Ich möcht so gerne mit dir raus hier.

Mich hält nichts: flüster ich: Und meine Sache steht günstig. Ich krieg nichts mehr zu essen. Ich krieg kaum noch was zu trinken. Ich kann nicht mehr reden. Jedenfalls hört die Frau, die mir kaum noch Wasser gibt, nichts mehr. Hörst *du* mich noch?

Ja: flüstert die Fliege.

Ich hör dich auch: flüster ich: Aber ich kann nicht mehr richtig sehen.

Das kommt wieder: flüstert die Fliege: Wenn du erst Fliegenaugen hast, siehst du tausendmal besser als früher.

Ich scheiß fast nicht mehr: flüster ich: Es ist nur noch 'n Fliegenschiß.

Ach, mein Schatz: flüstert die Fliege: Du siehst schon ganz zart und friedlich aus. Dein Gesicht wird immer kleiner.

Leider leb ich aber noch: flüster ich: Ich war lang genug Mensch. Wenn es was gäb, was mir das Herz bricht! Das könntest nur du sein. Aber dann wärst du ja fort, und wir könnten nicht mehr gemeinsam weg.

Das wäre absurd: flüstert die Fliege: Weißt du nichts anderes?

Woran denkst du: flüster ich.

Ich weiß nicht: flüstert die Fliege.

Ich wüßte nur eins: flüster ich: Wenn ich hör, daß meine Kinder tot sind, könnt ich nicht mehr leben. Das will ich nicht hören, solang ich noch leb.

Du armer Mensch!

Du brauchst nicht mehr lange auf mich zu warten: flüster ich: Bald hab ich's geschafft. Dann wird alles gut.

Mein Fliegenmann: flüstert die Fliege.

Mein Mückchen: flüster ich: Dann heiraten wir.

Was redest du immer vom Heiraten!: sagt meine Fliege.

Pst!: flüster ich: Sei leise!

Heiraten ist Blödsinn: flüstert die Fliege: Warum heiraten. Das klingt wie 'ne Versicherung. Ihr habt 'ne Gepäckversicherung, 'ne Autoversicherung, 'ne Lebensversicherung – weil ihr denkt, wenn alles weg ist, bleibt trotzdem noch was. Wenn die Liebe weg ist, hilft auch keine Versicherung. Eine Liebesversicherung gibt es nicht.

Ich flüster gar nichts mehr.

Warum sagst du nichts: flüstert die Fliege.

Du bist mir manchmal 'ne Nummer zu abgebrüht: flüster ich.

Und ich hab manchmal das Gefühl, du sagst Sachen, die auf 'nem fremden Mist gewachsen sind: sagt die Fliege.

Du hast recht: flüster ich: Ich komm nicht vom Menschen los.

Stimmt!: flüstert die Fliege: Du wolltest doch selber nie heiraten. Da warst du schon mal weniger Mensch als jetzt. Besinn dich wieder!

Ich träum davon: flüster ich: Kein Gequatsche mehr übers Heiraten.

Na siehst du: sagt die Fliege.

Keine Sorgen mehr um die Kinder: sag ich: Nicht mehr arbeiten. Nicht mehr einkaufen, kochen, abwaschen.

Die Fliege sagt: Wir säen nicht, wir ernten nicht, und Gott, der Herr, nährt uns doch.

Keine Mutter: sag ich: Keinen Vater.

Keine Versicherung: sagt die Fliege.

Keine Wohnungssuche, keine Miete, keinen Ärger mit dem Hausbesitzer: sag ich.

Aber aufpassen mußt du: sagt die Fliege: Die Hausbesitzer mögen auch die Fliegen nicht.

Keine Klamotten mehr, keine Schuhe: sag ich.

Keinen Arzt und keine Ärztin: sagt die Fliege.

Immer in Gesellschaft. Immer unterwegs: sag ich: Heute in 'nem eleganten Hotelzimmer...

Und keine Betten machen: sagt die Fliege.

Morgen auf der grünen Wiese: sag ich.

Übermorgen in einer saftigen Mülltonne: sagt die Fliege.

Nicht mehr waschen, kämmen, Zähne putzen. Obwohl ich mir die Zähne gerne geputzt hab: sag ich.

Jaa!: sagt die Fliege.

Hinscheißen, wo man will: sag ich.

Ein freies Leben: sagt die Fliege.

Jeden Tag ficken: sag ich.

Aber nur mich: sagt die Fliege.

Ja natürlich: sag ich.

Ich erwisch mich bei meinen blöden Menschengedanken und denk: Vielleicht treff ich bei den Fliegen die Frauen wieder, die ich am meisten geliebt hab. Dann hätte sich das Menschenleben wenigstens noch gelohnt. – Aber sagen tu ich das nicht.

Ich sag: Glaubst du, daß ich fliegen kann?

Mit deinem Fliegengewicht – schon: sagt die Fliege.

Ich sag: Du bist meine große Liebe. Wenn's anders wär, müßt ich dir dankbar sein.

Sag das nicht zu oft!: sagt die Fliege: Sonst krieg ich noch rote Öhrchen. Trotzdem – ich hör's gern. Es beruhigt ungemein.

Durch dich komm ich ins Paradies: sag ich.

Ehrlich gesagt, ich hab ein bißchen Angst davor: sagt die Fliege: Durch mich wirst du eine unabhängige Fliege. Aber wenn du die Menschheit hinter dir hast, brauchst du mich nicht mehr und verläßt mich.

Aber Fliege!: sag ich: Ich rede von Liebe. Du bist doch kein Klopapier, das man nach Gebrauch runterspült.

Ich glaub dir: sagt die Fliege.

Neuerdings ist es ungeheuer still im Zimmer. Ich denk schon, meine Ohren sind zu. Aber ich hör doch die Fliege. Ich hör auch, daß der Wasserhahn tropft. Das kann ich oft nicht mehr hören – wie 'ne Uhr geht das. Am deutlichsten hör ich, wie die Blätter von den Blumen abfallen. Von dem Mann unter meinem Bett hör ich gar nichts mehr. Ich hör aber 'n Rauschen. Das muß von draußen kommen. Vielleicht regnet das. Das kann doch nicht ununterbrochen regnen! Vielleicht sind das Autos. Früher sind keine Autos unter meinem Fenster vorbeigerauscht. Vielleicht haben die da 'ne Straße gebaut. Aber das hätt ich eigentlich hören müssen.

Mein Zimmer wird immer größer. Es ist jetzt schon so groß wie 'ne Turnhalle. Ein Glück, daß ich im Bett lieg – die Turnhalle hat keinen Fußboden. Mein Bett steht in der Mitte. Ich frag mich, wieso das Bett stehen kann. Vielleicht hängt's unter der Decke. Aber 'ne Decke hat die Turnhalle auch nicht. Mein Bett schwebt wahrscheinlich in der Luft. Alles, was ich hör, hat 'n Echo. Deswegen tropft der Wasserhahn so laut. Deshalb fallen die Blätter so hart. Statt der Decke seh ich 'n Stück Himmel. Am Himmel ist immer Nacht. Gibt's denn das? Irgendwann müßte doch die Sonne scheinen. Ich seh nur Sterne. Bin ich überhaupt noch im Bett oder flieg ich schon. Manchmal hab ich das Gefühl im Magen, ich stürz ab. Wenn ich denk, ich lieg noch im Bett, wird mir schlecht. Ich hab schon gerufen: Halt! – Wenn ich denk, ich flieg schon, ist es besser. Ich sag mir, daß das beim Fliegen passiert, wenn man Anfänger ist.

Von mir merk ich gar nichts mehr. Ich hab nur noch 'n Kopf. So leicht war mir noch nie. Ich *muß* ja 'ne Leichtigkeit haben, damit ich aus dem Stand in die Luft starten kann.

Meine Damen und Herren. Äpfel sind keine Birnen. Birnen sind keine Äpfel. Die Wurst, die hat zwei Zipfel. Zwei Zipfel hat die Wurst. Der Bauer, der hat Durst. Durst hat der Bauer. Zitronen, die sind sauer. Steige hoch, du kühner Adler, hoch über Sumpf und Sand, hoch über dunkle Wälder, leb wohl, mein Heimatland. So egal wie jetzt war mir noch nie was egal. Ich seh alles von ganz oben. Da unten zappeln die Leute rum wie Ameisen. Die einen rennen da hin, die andern rennen dort hin. Das ist doch sinnlos. So war ich auch. Wozu gibt's das denn. Ich kann gar nicht mehr hinsehen. Das macht mich nervös. Wenn ich 'n Flugzeug wär, ich hätt Lust, da 'ne Bombe draufzuhauen. Schluß mit dem Gezappel. Ruhe. Nur noch die Bäume rauschen hören. Ich hab mit dem Gezerre auf der Erde nichts zu tun. Da kann ruhig einer zu Besuch kommen und sagen: Alle sind tot! – Ich sag nur: Aha. – Auch deine Verwandten: sagt der Besuch. Ich sag: Hab ich Verwandte?

Jetzt kommt die Sonne raus. So nah! Aber heiß ist mir nicht. Ich hab immer gedacht, der Himmel ist blau. Der ist gar nicht blau. Der ist weiß! Ich bin jetzt so hoch, daß ich niemanden auf der Erde mehr seh. Das riecht gut hier oben. Den Gestank aus meinem Mund riech ich nicht mehr. Hier riecht's nach frischer Luft und Salzwasser. Ich hab Lust zum Schwimmen. Fliegen oder schwimmen – das ist dasselbe. Ob ich von der Luft hochgetragen werd oder von 'ner Welle, egal. Endlich hör ich wieder die Vögel zwitschern. Aber Vorsicht! Vögel sind scharf auf Fliegen. Oder sind das Fische, die da singen? Aufgeschwommen gen Himmel? So muß es mal gewesen sein. Am Anfang war Himmel und Meer. Oben die Fliegen und unten die Fische. Was zischt da? Will da wer was von mir? Ich stell mich taub. Jetzt laß ich mir nix mehr sagen. Hallo, Sonne! Wo geht's lang? Links rum oder rechts rum. Egal? – Na endlich. Die Sonne sieht von hinten genauso aus wie von vorne. Der Himmel ist *überall* weiß. Wie 'n frisches Laken. Ich brauch nicht mehr mit den Flügeln zu schlagen. Erst mal Pause mit dem Geflatter – ich leg mich 'n Moment hin. Ah! Jetzt Milch trinken und Honig essen. Das haben wir hier alles!: sagt die Sonne. Wo ist meine Fliege?: ruf ich. Auf dem Stern da drüben: sagt die Sonne. Was soll jetzt noch schiefgehen. Ich seh meine Fliege schon von weitem. Ihre Augen leuchten. Ihre Flügel glitzern. Sie ruft rüber: Na, du. – Ich sag: Ich war tot, und jetzt leb ich.

Warum mußt ich überhaupt erst auf der Erde rumkrebsen. Von Anfang an im Himmel, das wär günstiger gewesen.

Die Frau, die mir früher Blumenwasser gegeben hat, ist mit Eimer und Wischlappen ins Zimmer gekommen und hat unter meinem Bett reinegemacht. Jetzt ist Schluß mit der Sauerei: hat sie gesagt: Diesen Schweinekerl sind wir los.

Zu mir hat sie gesagt: Du kriegst zwar sowieso nix mehr mit, aber ich sag's dir trotzdem: Der Mann unter deinem Bett ist weg.

Ich hab gesagt: Daß ich das noch erlebe! – Dann ist mir schwarz vor Augen geworden. Als ich wieder zu mir kam, war ich tot. Mein erster Gedanke war: Das Sterben hat überhaupt nicht weh getan.

Mein nächster Gedanke war: Ich komm mir rasiert und gewaschen vor. Ich hab das Gefühl, ich hab 'n frisches Nachthemd an, und meine Bettwäsche ist auch frisch.

Mein dritter Gedanke war: Die Windelhose ist ab, aber das Arschloch haben sie mir nicht zugeklebt. Die Kinnlade haben sie mir nicht hochgebunden.

Als mir schwarz vor Augen geworden ist, muß ich die Augen zugemacht haben. Ich kann nichts mehr sehen. Ich bin traurig, daß ich meine Augen nicht an meine Fliege vermachen kann.

Bis jetzt ist keine Frau zu mir gekommen, um: Tschüs! – zu sagen. Ich glaub nicht, daß noch eine kommt. Entweder weiß keine, daß ich tot bin, oder keine will's wissen. Ich hab mir umsonst Gedanken über Frauen gemacht. Die machen sich keine Gedanken über mich. Ab mit Schaden! – Hauptsache, meine Fliege kommt bald.

Jetzt kommt sie! Sie stellt sich auf meine Nase und sagt: Ich war auf'm Land. Ich hab mich nach 'nem Plätzchen für uns umgesehen. Ich hab auch eins gefunden. Du wirst sehen, wie schön es dort ist.

Ich sag: Mit meinen Augen – das tut mir leid.

Ach, laß doch!: sagt sie: Hauptsache, du bist tot, und wir können los. Gut, daß dir jemand die Hände auf die Brust gelegt hat. So kannst du besser losfliegen.

Ich sag: Schade, daß du nicht da warst, als ich gestorben bin. Wie hast du's mitgekriegt?

Mir sagt ja keiner was!: sagt sie: Ich hab's zufällig in der Zeitung gelesen.

Du liest Zeitung?: sag ich.

Naja: sagt die Fliege: Auf dem Müllplatz, wo wir wohnen werden, lag eine. Ich bin von Buchstabe zu Buchstabe gelaufen, da wußte ich's.

Ich dachte, wir wollen in 'nem Kuhfladen wohnen: sag ich.

Ich hab's mir anders überlegt: sagt sie: Auf 'nem Müllplatz haben wir mehr Abwechslung. Auch mit'm Essen.

Was stand in meiner Todesanzeige: sag ich.

Nur der Name, das Geburtsdatum und das Sterbedatum.

Nichts von Trauer?: sag ich.

Nö: sagt die Fliege.

Keine Unterschrift?: sag ich.

Nö: sagt die Fliege.

Wann die Beerdigung ist?: sag ich.

Auch nicht: sagt die Fliege.

Naja: sag ich: Ist vielleicht besser so.

Wahrscheinlich!: sagt die Fliege: Kommst du jetzt?

Einen Moment noch: sag ich: Gleich.

Sofort!: sagt die Fliege: Komm jetzt!

Ich bin todmüde: sag ich.

Reiß dich zusammen: sagt die Fliege: Raff dich auf. Es ist schön draußen. Du mußt an die Luft. Das ist gesund.

Ich versuch's: sag ich.

Du bist schon ganz steif: sagt die Fliege.

Noch!: sag ich: Noch.

Du mußt dich warm halten: sagt die Fliege.

Dazu ist es zu spät: sag ich.

Was redest du!: sagt die Fliege.

Ich schlag mit den Flügeln, aber ich komm nicht hoch.

Noch mal!: sagt die Fliege.

Ich schlag noch mal mit den Flügeln, aber ich komm wieder nicht hoch.

Was ist mit dir los!: sagt die Fliege.

Ich schaff's nicht: sag ich.

Tu mir das nicht an: sagt die Fliege.

Ich hör sie auf dem Sargrand hin und her trippeln.

Mein Gott!: sagt die Fliege: Was soll ich nur tun.

Ich weiß nicht: sag ich.

Du mußt dich beeilen: sagt die Fliege: Wenn der Sarg zugemacht wird, ist es zu spät.

Ich weiß: sag ich.

Na also: sagt die Fliege.

Es geht nicht: sag ich.

Was bist du nur für ein Mann: sagt die Fliege.

Fang auch du noch damit an: sag ich.

Du wolltest mit mir weg, ich hab auf dich gewartet – und was ist jetzt?

Du siehst ja: sag ich: Ich kann nicht.

Du hast mir versprochen, daß du mich nie verläßt!: sagt sie.

Die Fliege fliegt auf, hör ich. Ich hör, daß der Sarg zugemacht wird.

Mal hören, was noch kommt.

Jetzt, wo alles zu spät is

Jetzt, wo alles zu spät is, hab ich gut reden: «Hätt ich...»

Hätt ich mir doch 'n Kind angeschafft. Früher hab ich gedacht: ‹Mit'm Kind bin ich angebunden. Ich kann nich mehr weg, und ich kann nich mehr machen, was ich will. 'n Kind macht einsam. Bis das groß is, bin ich versauert.› Männer wollen doch nix mit'm Kind zu tun haben: «Fährst du mit mir weg?» «Kann ich nich, mein Kind muß zur Schule.»

Jetzt versauer ich langsam, aber 'n Kind hab ich nich.

Bin ich selber dran schuld oder meine Mutter. Die hat immer gesagt: «Paß bloß auf, daß du kein Kind kriegst. Mit 'm Kind is alles vorbei. Das war bei mir so, und bei dir is es nich anders. Ja, wenn du 'n Mann findest, der dich nich bescheißt. Aber die Männer hauen irgendwann ab, und du sitzt da mit dei'm Kind. Dann darfst du noch selber dafür aufkommen. Genau wie ich.»

Mein' Vater kenn ich nich. Der hat meine Mutter sitzenlassen und 'ne andre genommen. Mit der hat er zwei Kinder. Das sind meine Geschwister. 'n halber Bruder und 'ne halbe Schwester. Ich hab die nie gesehen.

Das wollt ich nich, daß mein Kind 'n Vater hat, den's nich kennt, und fremde Geschwister. Vielleicht is mein Vater dran schuld, daß ich kein Kind hab.

Einer wollte mir unbedingt 'n Kind machen. Der war verheiratet, und Kinder hatte der auch. Der hatte auch Geld. Aber seine Frau sollte nix von mir wissen. Der wollte 'ne frische Ficknudel und 'n Sonntagskind. Besuchsvater wollte der werden. Jederzeit abspringen können, wenn's zuviel wird. Na danke.

Vielleicht hätt ich mitmachen sollen. Kind is Kind.

Den andern Männern war's egal. Kind oder nich. «Und wenn du eins kriegst, is es deine Sache.»

Meine Freundin war dümmer als ich. Oder schlauer. Die weiß nich mal, wer der Vater von ihrem Kind is. Die sagt nix, aber ich merk, daß ich ihr leid tu ohne Kind. Neulich hat sie gesagt: «Heute war ich richtig froh. Ich komm nach Hause, und zu Hause wartet einer auf mich.» Ich hab gesagt: «Was?!» «Mein Sohn», hat sie gesagt.

Jetzt is es soweit, daß ich neidisch werd. Obwohl, wenn ich dran denk, was die mitgemacht hat. Nie Zeit. Nie Kohle. Die ersten drei Jahren waren die schlimmsten. Immer mit'm Balg auf'm Rücken. Immer «Ich muß nach Hause». Ich hatte meine Freiheit, und sie hatte ihr Kind.

Meine Freiheit hab ich immer noch. Aber so richtig kann ich damit nix mehr anfangen. Na schön, ich seh noch gut aus. Bloß, irgendwann hört auch das auf. Was hab ich dann. So 'ne Sache wie mit'm Peter grade? Da stand ich doch schon auf der Kippe.

Manchmal geht mir meine Freundin auf die Nerven. Ich kann das nich, so sein wie sie. Wo ich se kennengelernt hab, hatte se in ihrer Firma noch 'n ganz miesen Posten. Hat se zu mir gesagt: «Ich will was werden, und ich schaff das.»

Ich hab gesagt: «Du hast doch nix gelernt, wie soll d'n das gehen.»

Sagt se: «Du mußt eben reinschleimen. Dabei lernst du, was du nich gelernt hast.»

Paar Wochen später hatte se was mit ihrem Chef.

«Der is komisch», sagt se.

«Wieso.»

«Im Bett. So mechanisch.»

«Und sonst?»

«Prima. Der macht sich nix draus, wenn ich in der Firma schön mit ihm tu.»

«Is der nich verheiratet?»

«Nee.»

«Bist du ihm nich zu poplig, auf dei'm Posten?»

«Nee. Der nimmt mich sogar zum Essen mit, mittags. Wenn's alle sehen! Gestern war noch einer aus der Personalabteilung dabei.»

«Und?»

«Zu dem Personalfritzen hat er gesagt, er soll mir 'n andern Posten geben, 'n bessern. ‹Na sicher›, hat der gesagt. ‹Ab Montag.›»

«Kommst du dir da nich blöde vor?»

«Wieso. Ich krieg mehr Kohle und muß weniger tun.»

Paar Wochen drauf sagt se: «Mein Chef hat gesagt, ob ich Lust hätt, die Sekretärin in der Abteilung zu machen. Ich hab gesagt: ‹Meinst du das ernst?› ‹Aber ja›, hat er gesagt. ‹Ab nächsten Monat.›»

'ne Woche später war se Abteilungssekretärin. Ab da hat se mehr verdient wie ich. Daß die was mit ihrem Chef hat, das wußte jeder.

Ich hab gesagt: «Ich kann's nich fassen.»

«Ich hab dir doch gesagt», sagt se. «Reinschleimen mußt du.»

«Kann ich nich», hab ich gesagt.

Das dicke Ei kam noch. Sie kommt zu mir und sagt: «Weißt du, was ich jetzt weiß?»

«Nee.»

«Mein Chef is schwul. Der hat was mit dem Personalonkel.»

«Was machst de jetzt?» sag ich.

«Was kann ich 'n da schon machen. Der tut weiter so wie wenn er was mit mir hätt. Aber zwischen uns spielt sich nix mehr ab. Ich muß mitmachen, wenn ich mein' Posten behalten will.»

«Machst du das?»

«Na sicher.»

«Und wie bist de dahintergekommen?»

«Gesagt hat er's mir. ‹Tut mir leid, Schatz›, hat er gesagt. ‹Gehen wir zusammen essen?› ‹Ja›, hab ich gesagt.»

Wenn se mir auch manchmal auf'n Wecker geht, ich brauch meine Freundin. Mit wem soll ich mich denn sonst ausquatschen. Wir sind total verschieden, wir zweie. Schon rein äußerlich glatte Gegentypen. Ich blond, sie schwarz. Ich blaue Augen, sie braune, und ich 'n Kopf größer. Sie 'ne dunkle Stimme, ich 'ne helle. Einer hat mal zu mir gesagt, wenn ich mich aufreg, wär meine Stimme schrill. «Schrilli» hat das Arschloch zu mir gesagt. Das glaub ich nich. Meine Mutter hatte 'ne Plärrstimme. Ich konnt das nie ausstehen. Wenn die gesagt hat: «Hast du wieder die Küche verdreckt?», das war wie Eisenblech. Ich hab extra anders geredet.

Ich möcht noch mal jung sein. Komisch, daß meine Freundin und ich zweimal auf dieselben Typen scharf waren. Ich hab den Bodo kennengelernt, da kannt ich meine Freundin noch gar nich. Ich hab den gefragt, ob er 'ne Freundin hat.

Ich mach das nich, ’ner andern den Mann ausspannen. «Nee», hat er gesagt, «hab keine.»

Der Bodo war ’n schöner Mann. Groß, durchtrainiert. Der hat was gehabt, was mir gefallen hat. Der hat immer Anzüge getragen, und weil sonst alle in Jeans rumgelaufen sind, war das stattlich. Passende Hemden, also nich Krawatte, sondern Anzüge auf locker. Jemand, der ’ne gute Figur hat und sportlich is, da sieht das Klasse aus. Als junge Frau war ich so beeinflußt von irgendwelchen Models in Zeitschriften, daß ich gedacht hab: ‹Ach, is der aber schön.› Braune Haare, im Nacken kurz, und so ’ne Strähne da drin. Dunkle Augen, schmales Gesicht, ’n hübsch geschnittenen Mund, schmale Hände.

Der hat immer auf geistvoll gemacht. Auf der einen Seite hast de seine Dummheit durchblitzen sehen, auf der andern Seite hast de gedacht: ‹Ne, das kann nich sein.› Der konnte immer so pathetisch durch die Gegend reden. Der hatte den «Faust» gelesen, das war was, daß einer den «Faust» gelesen hatt’.

Wollten wir mal ins Kino. Sind wir mit’m Auto hingefahren, sind aber zu spät gekommen. Hat er sein’ Benz geparkt, hat gesagt, hat... is er kreidebleich geworden. Ich hab gesagt: «Was is ’n los.» Sagt er: «Da steht das Auto von der Julia.» «Wer is ’n das», sag ich. «Meine frühere Freundin.»

Sind wir rein, die Reklame hatte schon angefangen, und haben uns in die erste Reihe gehockt. Dann kam ’ne Pause, und das Licht ging an. Wir sitzen so, quatschen rum, auf einmal steht ’ne Frau vor uns und sagt: «Bodo, Bodo, wie kannst du nur! Dich mit deiner Tussi vor mich hinpflanzen und mich nich mal grüßen!»

Ach, du grünes Loch! Ich wußt nich, was ich sagen soll

oder machen. Der Bodo hat gesagt: «Laß doch! Was is 'n! Was willst du denn! Wir reden später!»

Nach'm Film hat der Bodo draußen auf die Frau gewartet, ich stand so abseits blöde rum. Zu mir hat er noch gesagt: «Entschuldige, hast ja gesehen...»

Hat er mit ihr geredet. Hat ihr 'ne Scheiße erzählt, daß er ins Kloster gehen will. Wahrscheinlich weil er 'n schlechtes Gewissen hatte. Hat sich nach der Reinheit gesehnt.

Ich bin losgegangen, in seine Wohnung, und er is nachgekommen. Hat er mir stundenlang was aus sei'm Leben erzählt. War wahrscheinlich kein Wort wahr, aber das macht ja weiter nix. Er hätt Schluß gemacht mit der Julia, und die hätt im Kino durchgedreht. Daß er nach der Julia 'n Vakuum gehabt hätt und mit jeder Disco-Schnalle rumgemacht, die mal 'n langen Schwanz zwischen die Beine haben wollt. Bis er mich getroffen hätt. Ich glaub, ich war für 'n Bodo so 'ne Art Julia-Ersatz, weil er in mir 'ne Frau mit Grips gesehen hat.

Sind wir in sei'm Benz ans Mittelmeer gefahren. Haben uns abgewechselt, einmal is er gefahren, einmal bin ich gefahren. Ohne Pause durch, die 15 Stunden. War eigentlich gefährlich. Kurz vorm Ziel haben wir im Auto übernachtet. Sitze runtergeklappt und eingeschlafen. Nächsten Morgen runter in die Stadt, ans Meer. Gegen Mittag haben wir 'n Zimmer gefunden, in so 'nem Hotelchen, mit Balkon, das war überhaupt nich teuer. 'n großes Doppelbett. Da haben wir drin geschlafen. Nich geschlafen, bloß beide in einem Bett eben. Nackt schon, aber eher so, Spielchen. Er hat mich bewundert. War mehr 'ne Freundschaft. Das einzige, was er gemacht hat, er hat meine Möse geleckt. Das war, naja. Was wollt ich denn mit 'nem Kopf zwischen mein' Beinen. Ich bin da nich so drauf abgefahren, 'n Orgasmus hatt ich nich. Mit'm Bodo, das war unterkühlt. Seine Zunge in meiner Möse, absolut unnötig.

Der Bodo konnte gut fotografieren. Hat schöne Bilder von mir gemacht, nackt am Strand, oder nackt auf'm Bett.

Wie ich später meine Freundin kennengelernt hab, hat se gesagt: «Ich kenn dich.» «Ich dich auch», hab ich gesagt. «Tut mir leid, das im Kino damals», hat se gesagt. «Da war ich auf achtzig. Heut tät ich das nich mehr machen.» Ich hab nix drauf gesagt.

Irgendwann hat se mir gesagt, sie hätt damals Schluß mit'm Bodo gemacht, weil er sie beschissen hat. «Der Bodo! Ich hab dem so viel beigebracht. Ich hab zu ihm gesagt: ‹Hör mal! Du mußt Anzüge tragen. Jeans trägt jeder. Und kauf dir 'n Benz, das sind die besten Autos.› Damals war ich auf'm ‹Faust›-Trip. Ich hab zum Bodo gesagt: ‹Lies mal den ‹Faust›, Bodo.›»

Der Bodo hat nachher 'ne Hausfrau geheiratet, die er bescheißen kann, weil er 'n schöner Mann is, der Showmaker.

Dann hab ich den Jonas kennengelernt, beim Tanzen. Der wußte nich, was er will. Hatte sich grade von seiner Frau getrennt, die 'n Kind von ihm gekriegt hat. Ein Jahr hatt er's mit ihr ausgehalten. Ich hab 'n kurz nach seiner Trennung von dieser Frau erwischt. Hatte sein' Job hingeschmissen und sich eingebildet, er müßte jetzt frei sein und 'n neues Leben anfangen.

Bei dem zu Hause war ich nich, der war nur ein' Abend bei mir. Haben wir ewig rumgeknutscht, und ich hab ihm ein' runtergeholt. Das is für 'ne Frau ganz schön. Irgendwie is man hinterher auch zufrieden. Wir hatten alle beide Angst, daß ich schwanger werd. Er, weil er schon mal 'n

Kind gemacht hatt, was er überhaupt nich wollte. Ich sowieso. Das hatt sich gut getroffen. Er hat noch 'n bißchen neben mir gedöst und is dann weg, mitten in der Nacht.

Da wußt ich, daß ich mit dem nix zu tun haben will. Der war mir zu chaotisch. Was der für Probleme hatte, und ich zu der Zeit auch. Das wär nich gegangen, absurd wär das gewesen. Alles, was wir uns zu sagen hatten, das hatten wir uns gesagt. Das war 'n Versuch. Danach hat man gewußt: ‹Nee, der nich.›

Jedenfalls, wie ich meine Freundin schon 'ne Weile kannte, sagt die, sie hätt jetzt ein', der Jonas heißt und so und so aussieht, und der weiß nich, was er will. Da wollten wir uns zu dritt treffen, und ich wußt, das kann nur der Jonas sein.

War er auch. Ich hab «Hallo!» gesagt und fremd getan. Der genauso. Ich hab meiner Freundin nie gesagt, daß ich den Jonas ziemlich gut kenn. Ob der Jonas was zu ihr gesagt hat, weiß ich nich. Ich glaub's nich. Ich hab nie verstanden, warum meine Freundin den geliebt hat, aber ich muß ja auch nich alles verstehen.

Auf 'ner Silvesterparty hab ich ein' getroffen, der hat mich intressiert. Der hatte 'n schmales Gesicht, dunkle Haare und dunkle Augen. Im Gesicht ganz mager. Wie eingefallen. 'n Kopf größer als ich, aber ziemlich krumm. So groß sah der gar nich aus. Schmale Hände. Ich hab's mit 'n Händen. Wenn ich die Hände von 'nem Mann seh, weiß ich schon, ob der was für mich is oder nich. Ich kann breite Hände nich ausstehen. Oder fette. Ich kann auch dicke Männerärsche nich vertragen. 'n Männerarsch muß klein und trotzdem kräftig sein. Wir haben getanzt. Das war mal einer, der sich nich gleich ranklemmt, daß du sein' Schwanz spürst. Ganz leicht hat der getanzt, mit Abstand. Schweißige Hände sind mir auch zuwider. Der hatte trockne feste Hände. Ich dachte: ‹Vielleicht is er schüchtern.›

Ich hatte Lust, mit dem zu reden. Wir haben uns hingesetzt und 'ne Zeitlang gar nix gesagt. Der hat mich angeguckt, und ich hab zurückgeguckt. Direkt in die Augen.

Ich hab gedacht: ‹Der kann mich leiden.› An mehr hab ich nich gedacht. Ewig so dahocken wollt ich aber auch nich. Ich hab gesagt: «Bist du alleine hier?» «Ja.» «Ich auch», hab ich gesagt.

Ich hab ihm nich zugetraut, daß er aus sich rausgeht, aber mit ei'mmal nimmt der meine Hand und sagt: «Ich weiß nich, was du davon hältst, aber ich will nie mehr was mit Frauen zu tun haben. Ich bin nich schwul, im Gegenteil. Aber ob's 'ne Ägypterin is oder 'ne Chinesin oder 'ne Polin oder 'ne Deutsche – sie brauchen nur den Mund aufzumachen, und schon lügen sie.» Ich sag: «Na hör mal!» Er sagt: «Ich hatte schon viele Frauen. Alle haben mich angelogen. Die letzte, die ich hatte, war 'ne Schwedin. Die war die Lüge selber. Die hat mich vernichtet. Jetzt fahr ich Taxi. Das Wort ‹Frau› ist für mich dasselbe wie das Wort ‹Lüge›.»

Ich hatte keine Lust mehr. Ich dachte: ‹Du Arschloch› und hab meine Hand weggezogen. Zum Glück hatte meine Freundin was spitzgekriegt. Sie kam her und hat gesagt: «Kommst du mit in die Küche was essen?» In der Küche hat sie gesagt: «Der is nich schlecht, aber total durchgeknallt.»

Vielleicht wär mir aber heut einer, der so durch'n Wind is, lieber wie der Dauerficker hab ich den genannt. Ich hatte den auf der Arbeit kennengelernt. Du merkst ja gleich, ob einer scharf auf dich is. Ich wollte das nich, und da hat sich auch nix abgespielt. Aber der dauernd um mich rum wie 'n Fuchs hinter 'm Hasen. Ich war auch blöd. Ich hab den noch angespitzt. Aber ranlassen gab's nich. Ich hatte keine Antenne für den. Bloß ficken, dadran bin ich nich intressiert. Da muß noch was andres funken. Ich muß 'n Wort mit dem reden können. Das is überhaupt das Wichtigste. Ich hab schließlich 'n Kopf, und mit 'm Gefühl muß es auch stimmen.

Meine Freundin is eigentlich genauso. Die hatte was Festes, sogar 'ne große Liebe, das war der Bodo. Irgendwann mußte sie für ihren Job 'ne Prüfung machen und wollte vier Wochen alleine sein und jeden Abend pauken. Das hat sie ihrem Herzblatt gesagt, und daß er das verstehen soll und 'ne Weile Pause machen. Nach den vier Wochen geht sie zum Bodo hin, da liegt der mit 'ner andern im Bett. «Mir hat in dem Monat nix gefehlt», hat meine Freundin zu mir gesagt. «Ich war mit 'm Kopf beschäftigt, und ich hab gedacht, hinterher wird's umso schöner.»

Jedenfalls, das war Sonntag früh, da klingelt's. Ich noch im Bademantel mach auf, und vor der Tür steht der Dauerficker – die Hose offen, den Steifen draußen. Der schiebt mich in 'n Korridor, legt mich aufs Kreuz und fängt an zu rammeln. Ich hab erst bloß gedacht: ‹Ohne Gummi, das kann schiefgehen.› Der konnte nich aufhören, und langsam hatt ich Spaß dran. Von dem Tag an hab ich den nich mehr losgekriegt. Der kam jede Nacht, und jede Nacht ging die Post ab. Der hat bei mir gepennt, und jeden Tag vorm Aufstehen mußte der schon wieder. Mir war das zuviel. Ich bin vom Ficken immer matschig in der Birne. Nachts geht das, da kann ich mich hinterher auspennen. Aber vorm Aufste-

hen, nee. Ich häng dann den halben Tag durch. Das Dümmste dadran war, wir hatten uns nix zu sagen. Bloß immer was essen, beim Essen übers Essen reden, eine rauchen, zehn Minuten fernsehen und ab ins Bett. Ich hatt schon längst genug, wenn der immer noch weitergemacht hat. Manchmal war's so, daß ich bloß noch dagelegen und gewartet hab, bis der endlich abspritzt. Vorm Aufstehen hab ich mal gesagt: «O Gott! Schon wieder. Ich bin noch müde. Bitte nich!» Der hat gemeint: «Andre sagen ‹Bitte!›, wenn ich's ihnen machen soll.» Ich hab gesagt: «Du bist so potent, grauenhaft is das!» Ich wollt einfach nich mehr. Und weil wir uns sowieso nix andres zu sagen hatten, hab ich nich mehr aufgemacht. Auf der Arbeit hat er dann so getan wie wenn er mich nich kennt.

Ich hatt's immer am liebsten, wenn ich mich mit 'm Kerl gut verstanden hab. Wenn ich an denselben Sachen intressiert war wie der. Wenn ich mit dem reden konnt und der mit mir. Wenn ich 'n Gefühl hatte für den, und der eins für mich.

Am Wochenende, wenn ich alleine rumhing, von der Arbeit kaputt, und die Decke is mir auf'n Kopf gefallen, hab ich mich ins Auto gesetzt und bin aufs Land gefahren, zur Kati und zum Horst, in so 'm Kaff.

Die hatten 'n Freund, das war der Leo, der is auch oft rausgefahren, Kaffee trinken bei der Kati, und spazierengegehen, mit, mit sei'm Hund. Der hat bloß sein' Hund gehabt, so 'ne Promenadenmischung, den hat er geliebt.

Der Leo war 'n stilles Wasser, ich hab Zutrauen zu dem gehabt. Hab auch gemerkt, daß er was für mich übrighat. Aber der war so verklemmt, der hat nix gesagt.

Hab ich mich mit ihm verabredet, daß ich ihn besuch in der Stadt. Bin ich ab und zu hin. Der hat in 'ner Bank gearbeitet. «Das is grauenhaft», hat er gesagt. Das war nix für den. Hat er viel rumgekifft. Der hat's nie auf die Reihe gekriegt, daß er mal was andres macht und nich seine Bank. Is immer bekifft in die Bank gegangen.

Intelligent war er. Hat sehr gut Schach gespielt, sogar bei Wettkämpfen. Aber ewig rumgejammert. Daß er sein' Job schmeißen müßt und was andres machen. Hat aber nix gemacht. Bloß kiffen, Schach spielen, und sein' Hund. Hat kein' Inhalt gehabt. Und alle Leute beneidet, die klarkommen.

Daß ich nu ausgerechnet mit dem. Der hat mir, ich hatte das Gefühl, das is 'n Freund.

Die Kati hat mir das übelgenommen, daß ich mit 'm Leo was gemacht hab. Die hatte ja ihren Horst, aber der Leo hat ihr auch gefallen.

In seiner Wohnung hab ich ihn zum ersten Mal geküßt. Der wollte das, aber der war, hat sich nix getraut.

Mich hat er auch besucht. Mein Gott, der war so willenlos, der hätte nie gesagt: «Komm, wir schlafen jetzt miteinander.» Das wollte dann ich. Hat er sich endlich ausgezogen, der hatte so 'n scheußliches weißes Unterhemd an, so 'n schlabbriges, und hat seine Brille abgenommen, ohne Brille hatte der schöne Augen. Der Leo war ziemlich groß, und tierisch behaart. Hat fast gar nix mit mir gemacht. Hat sich halt sein' Gummi übern Schwanz gezogen und is zu mir reingekommen. Aber überhaupt kein Feuer. Ich hab versucht, was zu empfinden, aber das ging nich. Ich war froh, daß es ziemlich schnell ging. 's hat mir sogar weh getan. 'n totaler Durchhänger, der Leo. Eigentlich wollt ich jetzt nix mehr mit ihm zu tun haben. Ich wollt 'n nich mehr sehen. Ich hab 'n dann aber trotzdem noch getroffen.

Sein depressives Gejammere immer, das ging mir auf die Nerven. Depressiv bin ich selber. Der Leo war 'n echter Looser.

Wie bin ich 'n den losgeworden. Ich hab 'n nich mehr angerufen. Der war von sich aus so lasch, der hat gewartet.

Dann hat auf einmal die Kati angefangen, ob denn der Leo nich doch der Richtige für mich wär. Die hat gemerkt, daß es ihm mies geht.

Ich hab mir gesagt: «Das is doch 'n erwachsner Mann, hätt er doch zu mir sagen können: ‹He, was is 'n los.›» Aber. Hat einfach akzeptiert, daß nix mehr von mir kommt.

In meiner ersten Firma, das war nach 'm Axel, ich hab da so viel Scheiße erlebt, das faß ich nich. Der größte Scheißer war der Harro. Der hatte schon 'ne Menge hinter sich, der hat natürlich sofort gecheckt, was ich für 'n knackiges Früchtchen war, für den war ich das gefundne Fressen. Hat sich auf mich gestürzt und «Ich helf dir, daß du dich zurechtfindest in der Firma.» Ich hatte keine Ahnung, und der hat gewußt, wie der Hase läuft.

Vorher hatte der rumgehangen, bis er geschnallt hatte, daß er sich auf 'n Arsch setzen muß und was lernen, damit er Kohle kassieren kann.

Der is jeder Frau um 'n Hals gefallen, damit er an ihre Titten rankommt. Dabei hatte der 'ne Freundin, die Karin. Der hat die nach Strich und Faden beschissen, und die ihn auch. Aber die haben zusammen gewohnt, immer nach dem Motto: «Fickst du mit 'm andern, dann fick ich 'ne andre.» Die haben das ziemlich lange ausgehalten. Ich hab das am Anfang gar nich mitgekriegt.

Der Harro hat immer auf stark gemacht, war aber 'n ganz schwacher Typ, der selber 'n Führer gesucht hat. Das war dann unser Chef. Dem hat er aus der Hand gefressen und die Stiefel geleckt. Unser Chef hat der Karin 'n Zungenkuß reingedrückt, auf 'ner Party war das, und der Harro stand daneben und war noch stolz drauf. So 'n Arschloch war das.

Jedenfalls, ich war ganz froh, daß ich jemand gefunden hatt, der mir sagt, wo 's langgeht.

Hat er mal gesagt, er fährt mit mir spazieren und zeigt mir was. Sind wir spazieren gegangen, in 'nem Park, haben uns auf 'ne Bank gesetzt, und da hat er erst mal angefangen, stundenlang was zu erzählen über was weiß ich. Und wie damit Schluß war, hat er gedacht, er kann sich sein' Fummellohn abholen und hat an mir rumgegrapscht. Da war's schon dunkel, in dem Park. Hat er gemeint, wir könnten jetzt eigentlich zu mir fahren, was trinken.

Sind wir zu mir gefahren, haben was getrunken, ganz schön sogar, und da hat er so lange rumgequatscht und rumgemacht, daß er mir eingeredet hat, daß ich das jetzt ganz scharf und heiß finden müßt, was er mit mir macht, daß er mir mit sei'm Rumgequatsche meine Hosen ausgezogen hat und is auf mich draufgeklettert und hat mit mir geschlafen. Das war, ich hab kein, ich weiß nich mehr, wie das war. Ich weiß bloß noch, daß er 'ne ziemliche Sau war. Weil er von seiner Freundin geredet hat, und wie gut er sich mit ihr versteht, und es tät überhaupt nix machen, wenn er mal was andres laufen hat. Das andre war ich. Der war 'n Idiot. Ich hab nix davon gehabt. Ich hab das alles so, ich weiß nich, so, ich war, ich hab einfach, weil ich das Gefühl, ich hab mir, ich hab's machen lassen. Der hat so lange rumgebaggert, bis ich, bis er sein'n Orgasmus hatte.

Das ging 'ne ganze Weile so. Immer mal wieder.

Einmal war ich sogar bei ihm, da war seine Freundin grad nich da. Hat er vorm Spiegel, so 'n großer Spiegel, hat er mir die Hose runtergezogen und hat mir erzählt, wie geil das gewesen wär, daß er die Karin auf 'm Küchentisch gefickt hat. Hat er seine Hose runtergelassen und hatte 'n Ständer. Das war alles, was er gebracht hat. Ich hab ihm vorm Spiegel ein' runtergeholt, und er hat auf 'n Fußboden gespritzt und hat das mit seiner Unterhose weggewischt.

Irgendwann haben wir uns nich mehr getroffen. Naja, paar Monate ging das mit 'm Harro, diesem Bussi-Arsch.

Ich war alleine an der Bar, saß da eine mit 'nem Kerl, der hat mich gefragt, ob wir, ob er mich zu 'nem Drink einladen darf. Ja, warum nich. Haben wir zu dritt ein' getrunken. Die Frau war seine Schwester. Die is für 'ne Weile verschwunden, an 'nen Tisch, hat da mit 'nem Typen. Nach 'm dritten Drink sind wir alle viere aus der Bar raus und am See-Ufer langspaziert. «Gehen wir noch zu mir 'n Kaffee trinken», hat der, der hieß Otmar, hat er gesagt.

Seine Schwester is mit dem Kerl, den se in der Bar aufgegabelt hatte, aus 'm Wohnzimmer raus nach nebenan.

Irgendwann haben wir uns ausgezogen und auf die Couch gelegt. Ich war blau, hab gesagt: «Nee nee, laß.» Hat er sich trotzdem auf mich draufgelegt, hat meine Beine auseinandergepreßt, hat mir ins Ohr gesäuselt, daß er jetzt unbedingt, der hat nich lockergelassen, das war überhaupt kein, also das war schon 'ne halbe Vergewaltigung. Hab ich mitgemacht, aus Mitleid oder was. Gut ficken konnte der nich. Ich hab gedacht: ‹Naja, so sind diese Typen, da kannst de nix machen.›

Seine Schwester, das war 'ne Mami vom Lande, die mal richtig ficken wollt in der Stadt, das hat se gemacht. Die hat gekreischt, daß es in der ganzen Wohnung.

Ich hab 'n Otmar noch öfter getroffen. Der war eigentlich Klavierspieler. Hatte mal 'n Unfall und hat sich 'n Finger abgequetscht, da war's zu Ende mit seiner Klavierspielerlaufbahn. Is er auf Computer umgestiegen und war jetzt im Computergeschäft mit neun Fingern tätig.

Einmal war ich bei ihm, da is 'ne Frau aufgetaucht mit zwei Koffern, die hat gesagt: «Wer bist 'n du. Was machst 'n *du* da.» Hat se gesagt, sie is schon 'n Jahr mit 'm Otmar zusammen, und daß se verreist war. Der Otmar, der is, der hat, is einfach verschwunden, in die Küche. Saß ich mit der Frau da, und mir war klar, daß der mich und die verarscht hatte. Die is aber nich ausgerastet. Ich auch nich, weil ich mir gesagt ha: ‹Dadran is dieser Blödarsch schuld.›

Bin ich raus. Ich hab meine Sachen zusammengesucht, ich konnt mit dem nich mehr reden, bin einfach raus. Mein' BH hab ich vergessen.

Ich hab, ich wußt nich, was ich machen soll, ich hätt nich Auto fahren können, ich hab mich vor Wut auf die Haustreppe gesetzt.

Ich hätt nie gedacht, daß der mich, daß er 'ne Freundin hat und mir das nich sagt. Wenn er mir gesagt hätt, er hat 'ne, dann hätt er mich auf kein' Fall angefaßt. Na schön, ich hab nich gefragt, aber für mich war das klar, daß gesagt wird, was los is. Daß er sagt: «Hör mal, wir können ruhig was zusammen machen, du gefällst mir saugut, aber ich hab 'ne Freundin, kann sein, daß die jederzeit auftaucht.» Das wär fair gewesen. Aber der hätt mir auch nich die Wahrheit gesagt, wenn ich gefragt hätt. Der hatt gleich von

Liebe gesoßt. Seine Wohnung war auch so, wie wenn er alleine lebt.

Diese Sau, ich hab dem angesehen, daß er das genießen wollt, daß sich zwei Frauen wegen ihm angiften.

Auf einmal geht die Wohnungstür auf, und er is die Treppe runter. Ich hab gedacht, er kommt mir nach. Hat ganz cool gesagt, er holt Kaffee. «Was hockst 'n noch da.»

Hab ich gesagt: «Also hör mal, so geht's ja nu wirklich nich, du hast mich verladen, du bist 'n mieses Arschloch, vom Abschaum das Feinste.»

Hat er gesagt: «Jaja, is o. k. Verpiß dich.»

Bin ich gegangen. Selber schuld, wenn ich mich auf so was einlaß. Scheiße, selber schuld.

Ich hab mir überlegt, ob ich dem die Autoreifen aufstech. Oder wenn ich 'n Bruder gehabt hätt, der dem eins auf die Rübe klatscht. Aber am liebsten wär ich wieder zu ihm hingerannt.

Es gab 'ne Zeit, da hab ich, also ich fand's spannend.

Der Matthias, das war einfach 'n guter Kumpel, das heißt, und sein Busenfreund, die waren unzertrennlich, die zweie, Max hieß der. Matze und Max. Ich hab bloß «MM» gesagt. Ich konnte die gar nich voneinander trennen. Äußerlich ganz verschieden. Der Matze größer, 'n dunkler Typ, der Maxe 'n kleiner blonder Wuschelkopf. Alle beide intelligent.

Den Matze hab ich zuerst gekannt, mit dem konnt ich reden, sonst war gar nix. Ich hab ihm auch als Frau gefallen.

Beim Matze hab ich den Maxe getroffen. Der ist voll auf mich abgefahren, und ich auf den. Wir waren immer zu dritt. Im Kino, in der Kneipe. Am Wochenende mal bei mir, mal beim Maxe, mal beim Matze. Der Matze war eifersüchtig auf 'n Maxe.

Mit 'm Maxe bin ich auch alleine losgezogen. War mal bei ihm zu Hause, und beim zweiten Mal hab ich mit ihm geschlafen. Der Matze hat das gewußt. Ich hab gemerkt, daß der auch was von mir will.

War ziemlich angenehm, daß die zweie um mich rumgesprungen sind. ‹Lustig›, hab ich damals gedacht.

Den ein' Abend haben wir dreie bei mir groß gekocht. Und Wein hatt ich besorgt. Die wollten nich mehr nach Hause fahren, angesoffen, so spät.

Ich bin mit 'm Maxe ins Bett, und der Matze hat sich im Wohnzimmer auf die Couch gelegt. Auf einmal hat der Matze auch neben mir gelegen.

Der Maxe hat das in sei'm Schumm gar nich mitgekriegt. Vielleicht doch.

Der Matze hat mir in die Möse gefaßt und das Fummeln angefangen. Ich hab, ich war geil, ich hab auch, ich wollt das ausprobieren, zu dritt.

Hat der Maxe auf einmal gesagt: «Matze, laß das, das is doch, ich kann das nich, verschwinde.»

Der Matze hat gemeint: «Jaja, is klar, ich seh's ein.» Is wieder raus aus 'm Bett und ins Wohnzimmer.

Ich war so naß, ich hab sofort mit 'm Maxe geschlafen. Der Maxe hat mich gemocht, aber nich geliebt.

Mit 'm Matze wollt ich's noch wissen. Ich bin zu ihm hin und hab's mit ihm gemacht. Der war mir näher wie der Maxe.

Wir haben uns weiter zu dritt getroffen, aber eigenartig war das.

Ich hab damals schön rumgesaut.

Der Kurt, das war der Firmenschönling in der Bude, wo ich damals gearbeitet hab. Der hat auf intellektuellen Softi gemacht.

Hat gesagt: «Komm doch mal zu mir.» Hab ich gedacht: ‹Ich geh hin, mal sehen, wie der's macht.› Aber bewundert hab ich den nich oder wie die andern Frauen dem Firmenschönling zu Füßen. Als intelligente Frau hat der mich natürlich nie akzeptiert. Für den war ich doof. Was andres wollte der nich wahrhaben. Das wär ja unpraktisch gewesen, da hätt er ja nich mehr den tollen Hecht mimen können.

Am Anfang hat mir seine weiche Art gefallen. Der hatte 'n großen Schmollmund. Schöne Hände, immer Ringe getragen. Blonde Haare, braune Augen, und 'n Dreitagebart. Hat immer wie Zucker geredet. Aber nich «Ich bin dein Hündchen und hüpf dir nach», sondern «Komm her, geh weg.»

Der hatte 'ne Bude, 'n ganz primitiver Laden war das, dreckig, keine saubre Tasse, kein Bett, bloß so 'ne Matratze. Lagen wir da und haben uns langsam ausgezogen. Hat er an mir rumgefummelt und hat mit mir, also das war so 'ne Softi-Tour, der is beim Rein und Raus schon eingeschlafen. Nix mit Leidenschaft. Der wollt mich einfach auf seine Masche ficken und hat seinen Saft bei mir abgeschlagen. Ob ich was davon hab oder nich, egal. Ich hab 'n machen lassen, weil ich nu schon mal auf der Matratze lag.

Wie ich 'n nächsten Tag aufgewacht bin, hab ich gedacht: ‹O Gott, was für 'n Arsch liegt denn da neben mir.›

Wir haben uns ab und zu getroffen, und jedesmal hat der seine Softi-Show abgezogen. Der hat immer gedacht, er müßte den coolen Macker raushängen. Hat erzählt, wie lässig er is, und daß er in Tunesien war und irre Zahnschmerzen hatte und nich zum Arzt gegangen is. Dabei hatte der überhaupt kein' Arsch in der Hose.

Das war 'ne Affäre von paar Wochen, da war's dann schon wieder finito.

Von einer Scheiße in die andre. Den Namen hab ich vergessen. So 'n Sonnenscheinchen. Der hatte mit sei'm Freund zusammen 'ne Penthouse-Wohnung. Singles, und trotzdem 'ne schöne große Bude. 'ne Zweckgemeinschaft. Abschlepp-Companions. Sich gegenseitig die Weiber zuschieben.

In der Disco, ich hab mein Bier getrunken, hat er mir ins Ohr gebrüllt. Wie ich heiß und was ich mach oder so was Ähnliches. Ob's mir gefällt oder nich. «Hier is meine Telefonnummer», hat er gesagt, «ruf doch mal an.» Ich hab 'n nich angerufen, aber der mich.

Haben wir uns irgendwo getroffen. Hübsch war der nich, bloß intelligent. Bißchen glatt, sogar irgendwie schwammig.

Sind wir durch die Gegend gelaufen, zu ihm in die Wohnung. Im Wohnzimmer gehockt und Campari genippt. Hat er gemeint, wir könnten doch was zusammen machen. Ob ich Lust hätt. Haben wir uns gegenseitig oder er hat mich ausgezogen. Hat sich auf mich draufgelegt. Wie wenn jemand sein Fitness-Programm auf mir absolviert, ohne was dabei. Ich hab gedacht: ‹Will ich nich.› Hab ich 'n runtergeschubst und bin aufgestanden.

Zum Abspritzen ist er nich gekommen. Hat seine Pausbacken aufgeblasen und große braune Kulleraugen gemacht. Was los is. «'s geht nich», hab ich gesagt. Hat er gesagt: «Na o. k.» «Gut», hab ich gesagt, «tschüs.» Der is noch liegengeblieben.

Meine Liebe, das war, glaub ich, der Munk. Ich wollt was Festes, jemand'n, zu dem ich halt, und nich bloß: schlaf ich nu mit dem oder nich.

Ich hatte den Munk schon öfter in Kneipen getroffen. Ein' Abend war ich auf 'ner Fete, und der Munk war da auch. Ich hab gleich gesehen, dem geht's nich gut. Eigentlich war ich mit'm Thomas dort, aber der mußt nach Hause. Bin ich mit 'm Thomas abgehauen, und hinterher zurück. Der Munk hing in der Ecke und hat sein Bier getrunken. Bin ich hin und hab gesagt: «Wie geht's dir denn.» «Naja», sagt er.

Ich sag: «Du, da läuft 'n Film im Fernsehen, den will ich mir angucken.»

Hat er gesagt: «Ich wohn gleich um die Ecke, wir könn' uns den Film bei mir ansehen.»

Haben wir uns den Film angeguckt. Den Abend bin ich bei ihm geblieben. Aber geschlafen haben wir nich miteinander. Das war schön. Ich bin ganz früh aufgestanden und fort. Ich hab gedacht: ‹Bloß nich so 'ne kurze Sache, wo man rumfickt und sich nix mehr zu sagen hat.›

Wir haben noch lange nich miteinander geschlafen, noch lange nich. Irgendwann hat er mir 'n Zettel geschickt, 'n richtigen Liebesbrief.

Ich bin zu ihm in die Wohnung und hab mit ihm geschlafen. Von da ab waren wir unzertrennlich.

Der Munk is bald in 'ne andre Wohnung gezogen, und ich mit. Meine Wohnung hab ich aber behalten.

Im Sommer mußt ich von der Firma aus vier Wochen in 'ne andre Stadt, ganz weit von zu Hause weg. Da hat der Munk hysterische Anfälle gekriegt und hat geweint, ich soll nix mit andern Männern machen. Dort hab ich den Lennart kennengelernt und den Harry. Wir waren nach der Arbeit immer auf Achse. Ausflüge oder baden oder in die Kneipen.

Nach den vier Wochen hat mich der Munk abgeholt. Ich hab gesagt: «Das is der Harry, das is der Lennart.» Aber mit denen konnt der Munk nich reden. Hat wahrscheinlich gedacht, ich hätt was mit denen gehabt. Wie ich mich vom Lennart und vom Harry verabschiedet hab, hat er sich weggedreht. «Tschüs» hat er zu denen nich gesagt. Auf der Heimfahrt hat er gesagt, er könnt's nich aushalten, daß ich so bin. «Wie denn!» hab ich gesagt. «Immer andre Typen gucken und mit denen rumziehen», hat er gesagt. «Ich hab nix gemacht!» hab ich gesagt, «kapier das doch endlich.»

Warum sollt ich nich so sein wie ich bin.

Ich war zweimal mit 'm Munk in Urlaub. Im ersten, das war 'ne Zeit, wo wir jeden Tag miteinander geschlafen haben. Wie wir wieder zu Hause waren, hat das nachgelassen. Ich hab gedacht, das is normal, aber die Liebe, die bleibt.

Nach 'm zweiten Urlaub war's wie vorbei.

Der Munk, das war der Richtige. Der hat alles gemacht, was gut für mich war. Ach, an den Munk darf ich gar nich denken. Zum Schluß hat er mich betrogen. Das letzte Mal, wo wir miteinander geschlafen haben, hat er gesagt, daß ich die Frau seines Lebens wär, und daß er sich gar nich von mir trennen will.

Die andre war älter wie er, die hatte schon 'n Kind. Ich wollt kein Kind, das wär 'ne Katastrophe gewesen. Die andre war mütterlich, für 'n Munk verläßlich. Die war scharf auf 'n Munk und wollt ihn auf kein' Fall bescheißen. Ich war für 'n Munk nie so 'ne heiße Nummer, daß ich ihm die Hosen ausgezogen hätt und gesagt: «Hopp, wir schlafen jetzt miteinander, ich möchte.» Die andre war bestimmt heißer. Die hat er geheiratet. Wahrscheinlich hat er gedacht: ‹Schluß mit den überschwenglichen Liebesgeschichten, die immer so beschissen enden.›

Der war wie 'n Kind. Wir konnten nie über uns reden, da hatte er keine Worte für, ich auch nich.

Wenn ich an den Munk denk, muß ich manchmal an ganz früher denken. Mit 15 war ich auf 'ner Klassenreise und hab den Klaus getroffen. In den wollt ich mich verlieben, 's waren ja schließlich Ferien. Wir haben bloß Händchen gehalten und sind spazieren gegangen. Oder wir haben Minigolf gespielt, oder Tennis. Und geküßt haben wir uns. Stundenlang. Am Strand, oder in der Hecke vorm Haus. Das war alles, aber das war 'ne Sache. Vergeß ich nie. Der Klaus war nich schön, aber der hatte was. Komisch war der auch, weil er auf 'm Elitär-Trip war. Der wollte nur Lacoste-Sachen anziehen.

Der, der mir 'n Kind machen wollt und den Besuchsvater spielen, das war mein Chef damals.

Ich war vorher arbeitslos, lange, und auf der neuen Arbeit hab ich noch nich viel verdient. Ich dachte: ‹Bloß nich rausfliegen. Und hoffentlich bald mehr Geld machen.›

Ich wollt 'ne zweite Ausbildung durchziehen. Und mein Chef hat die geleitet. Is er öfter in mein Zimmer gekommen, hat gefragt, was ich früher gemacht hab, oder 'n Fragebogen ausfüllen. Mal hat er gesagt, er möcht mir 'n paar Bücher zeigen, die ich durchlesen müßt. Sind wir in sein Büro gegangen. *Das* Buch wär wichtig, und das. Und die Tabellen.

Lag alles auf sei'm Schreibtisch. Hat mich plötzlich ganz groß angeguckt, ich dachte: ‹Was is 'n jetzt los›, hat mich umarmt und hat gesagt: «Spürst du das auch? Diese Anziehungskraft?!» Ich hab gesagt: «Ja, nee, was?» Ich wußte, daß er verheiratet is, ich bin überhaupt nich auf die Idee gekommen, daß der mich anders sieht als irgend 'ne Angestellte. Ich war wie 'n Bündel, ich hab's über mich ergehen lassen. Aber geduzt hab ich 'n auch, weil ich gedacht hab: ‹Na toll!› Der hat mich gar nich reden lassen, immer bloß er. So 'n alter Männertrick, daß du gar nich gefragt wirst. Das war auch ganz einfach, weil ich den respektiert hab, war ja mein Chef. Ich fand das aufregend, daß der mich als Frau, da hab ich mitgemacht. Ich dachte, daß mir das 'n Halt gibt, in der Firma. Ich hatte keine Ahnung, in was für 'n Schlamassel ich mich reinreit, in was für 'n irren. Ich bin aus sei'm Büro raus – richtig happy, weil der mir gesagt hat, wie gescheit ich wär und daß ich die Ausbildung bestimmt schaff. Das wollt ich ja hören.

Wenn ich irgend was wissen wollt, bin ich in sein Büro, und der – hat wieder angefangen. Vorher die Tür abgesperrt. Das war mir auch lieber. Ich hab gedacht: ‹Das wär das Ende, wenn der mir grade auf 'n Arsch tatscht, und da kommt jemand rein.› Naja, heiße Küsse undsoweiter. Hat mir einfach in die Hose gefaßt. Einmal hat er mir die Hose runtergezogen und die Hand zwischen meine Beine, meine Möse streicheln. Im Stehen, da war ja nix zum Liegen. Die Hose is mir auf die Schuhe gefallen. Hat gesagt, daß er mit mir schlafen möcht. Aber er hat seine Hose nie aufgemacht. Hat bloß meine Hand auf seine Hose gedrückt, ich sollte sein'n tollen Schwanz spüren. Ich wollte kein' Sex von dem.

In mei'm Zimmer hat er sich mal 'ne orangene Plastikschere von mir geborgt, die hat er mir nie zurückgegeben. Er hat gesagt, die behält er, damit er was von mir hat.

Ich mußt mir extra wegen dem 'ne neue Schere besorgen. Das, die Schere war 'ne Art Pfand für den.

Ich hab gemerkt, daß er begeistert von mir war. Hat schon gestimmt, was er gesagt hat. Aber der war feige. Daß er's nich fertiggebracht hat, einfach machen, was er machen will. Der is voll auf mich abgefahren. «Ich hab das sofort gemerkt, wie ich dich zum erstenmal gesehen hab», hat er gesagt. «Da hab ich gespürt, daß ...», irgendwie. Ich hatte da 'nen engen Rock angehabt und hohe Stiefel, das konnt er nich vergessen. Aber dazu stehen, vor den andern, das konnt er nich.

Ich war noch nich lange in der Firma gewesen, da war da 'ne Fete, und mein Chef hatte sich noch nich an mich rangemacht. Auf der Fete hab ich mit 'm Rudi rumgeflirtet. Mein Chef hatte hinterher so 'ne Meinung, das hat er mir später gesagt, daß ich gar nich so spröde wär, wie ich zu ihm getan hätt. Das hat er gebraucht, so 'ne Rechtfertigung, daß ich nich grad die Unschuld vom Lande wär.

Mit mei'm Chef, das war so 'ne Abhängigkeit. Der hat mich gewollt, und ich hab den gebraucht, weil ich die Ausbildung schaffen wollt, unbedingt.

Der hat sich dauernd überlegt, wie er mit mir schlafen könnt. Hat mir erzählt, daß er oft von mir träumt. Erst hat er gesagt, er trennt sich von seiner Frau, wenn die Kinder aus 'm Haus sind. Dann hat er gesagt, er mietet mir 'ne zweite Wohnung, und niemand weiß was davon. Verreisen wollt er mit mir nich, da wär seine Frau dahintergekommen. Zuletzt hat er gesagt, er kommt heimlich in meine Wohnung. Das hat er auch gemacht.

Ich hatte bloß 'n Bademantel an, weil ich grad geduscht hatt. Haben wir uns aufs Sofa gesetzt, ich im Bademantel, er angezogen. Das hat den gequält, aber der hatte sowieso 'n Schlag weg, der war irgendwie, 'n halber Masochist. Auf'm Sofa war nix, außer geküßt. 'n Bademantel hat er mir nich ausgezogen, auch nich zwischen die Beine gefaßt. Der hatte riesige Klauen, richtige Pranken. Abstoßend, körperlich. Oft hat der nach irgend was gestunken, nach Rattengift oder Desinfektion, ich weiß es nich, nach, so intensiv nach irgend 'nem Mittel. Der ist mir vorgekommen wie 'ne halbe Moorleiche is der mir manchmal vorgekommen. Der hatte was Totes.

Is bald aus meiner Wohnung wieder abgehauen, weil er Schiß hatte, daß jemand kommt. Da is auch jemand gekommen. Mein Chef is bleich geworden und hat gesagt: «Um Gotteswillen, um Gotteswillen, wenn mich jetzt jemand sieht...» Is er in die Küche gerannt, aber ich hab gar nich aufgemacht.

Mein Chef wollt sich auf keinen Fall mit mir sehen lassen, aber mit mir schlafen wollt er unbedingt, so ungefähr. Der hatte Angst, daß seine Frau das mitkriegt und daß er Probleme kriegt in der Firma. Der hat bloß in sei'm Büro «Du» zu mir gesagt, sonst in der Firma nich. Ich hab's genauso gemacht.

Langsam war ich mir selber ekelhaft, da hab ich was mit 'm Heinz angefangen. Ich wollt 'n Schlußstrich ziehen. Ich wollt mei'm Chef zeigen, daß er mich am Arsch lecken kann. Das hab ich ihm mit 'm Heinz vorgeführt. Ich bin mit 'm Heinz Händchen in Händchen durch die Firma gezogen, und mein Chef hat das, also ich hab dem demonstriert, daß ich kein Intresse an ihm hab.

Hat er irgendwo zu mir gesagt: «So, und jetzt siezen wir uns wieder.»

Der Heinz, das war der größte Spinner in der ganzen Firma, 'n richtiger Quatschbubi. Der hat immer eigenartige Scheiße geredet, über das Ich und die Welt des Einzelnen. Der war so dürr, daß ihm die Hose geschlackert hat. Bei dem konnt'st de jeden Knochen einzeln abzählen. Was der für Zeit gebraucht hat zum Anziehen! Da mußt alles stimmen. Doof war er nich. Hat alles selber entschieden und selber gemacht.

Der hat den Einfühlsamen gemimt. Hat sich alles angehört, konnte gut Intresse vortäuschen, hatte auch welches, und hat mich belabert. Der mochte mich, glaub ich. Hatte noch was mit andern Frauen.

Mein Chef war beleidigt, der hat sich gerächt, ganz primitiv. Hat mich in der Ausbildung nach Strich und Faden fertiggemacht. Da hab ich gemerkt, was mit seiner großen Freundschaft, was die wert is, wenn das andre fehlt. Hat er vor den andern gesagt: «Wenn ich gewußt hätte, wie schlecht Sie sind, hätte ich Sie gar nicht in die Ausbildung reingenommen.» Sind wir uns mal übern Weg gelaufen, und er... wie ich ihn so brutal verschmähen könnt. Was er ertragen muß, daß ich... Daß das grausam wär von mir.

Ich glaub schon, daß den das fertiggemacht hat. Aber ich hab das ertragen, daß er mich fallenläßt. Ich hab gewußt, daß ich nich so blöde bin wie er gesagt hat. Ich hab mich sehr angestrengt in der Ausbildung.

Die Sache mit 'm Heinz hat mich geschützt. Wir haben zusammen gekocht, und im Bett gelegen, und gefrühstückt. Der Heinz hatte 'ne hübsche Wohnung, bißchen runtergekommen, aber alles selber hergerichtet, und sauber. Der hatte 'ne Tour drauf, daß es immer schön war.

Wahnsinnig knochig war der. Ich glaub nich, daß er mit mir... der hat 'n ganz dünnen Schwanz gehabt. Das war, also sexuell war das 'n Witz.

Wir haben nach außenhin das Paar gegeben. Er, weil er stolz war, daß er mit mir, eitel, daß er 'ne attraktive Frau hat. Ich, weil ich ihn gebraucht hab gegen mein' Chef. Ich hab gespielt, und er hat gespielt. Irgendwann war's natürlich vorbei. Er is noch mal mit 'm Blumenstrauß in mein Zimmer gekommen in der Firma. Aber 's war irgendwie nix. Sein Schwanz war halt dünn.

Er hat jedenfalls immer gut gekocht.

Wie's aus war, da war ich meine Stütze los. Mein Chef hat das alles mitgekriegt, und ich stand vor der Abschlußprüfung. Ich hatte Schiß, daß er mich durchrauschen läßt. Hab ich ihm 'n Brief geschrieben, so 'ne Art Liebesbrief. Ich hab Rückhalt gebraucht und hab's mit Liebe verwechselt. Für mich war der Brief, ich hab den gar nich, also 'ne Lüge war das nich. Wahrscheinlich hatt ich das Gefühl, ich lieb den vielleicht. Bin ich wieder hingekrochen. Ich wollt auch klären, was er für 'n mieser Kerl is. Hab ich mit ihm geredet. Daß ich gar nix von ihm wollte, und daß *er* angefangen hat. «Du warst doch der Chef für mich, und nich 'n Liebhaber!» Das wollt er nich hören. Hat gesagt, ich hätt auch was von ihm gewollt. Ich war so wacklig, daß er gemerkt hat, ich brauch 'ne Hilfe. Ich hab gesagt, wie fies das war, daß er mich erst über 'n grünen Klee gelobt hat und dann fallengelassen wie 'ne heiße Kartoffel. Ich bin aus sei'm Büro raus und in mein Zimmer. Is er mir hinterhergerannt und hat gesagt, daß ich gut dasteh in der Ausbildung. Und dann: Er hätt 'ne Mappe mit Tabellen, die sollt ich mir angucken. Bin ich nach 'ner Weile hin. Hat er wieder seine Tür abgesperrt. Hat mich wieder geknutscht und mir in die Hose gefaßt. Hab ich wieder mitgemacht.

Hat er gesagt, daß er dauernd von mir geträumt hat, wieder. Daß ich nackt vor ihm steh, und er mit 'm langen Steifen, und daß ich den in meine Möse zieh. Ich hab nix gesagt. Da hat er gesagt, daß er mir 'n Kind machen möcht.

Nach der Abschlußprüfung hat er mich in meiner Wohnung angerufen und hat gesagt, daß er mich liebt.

Ich hab in der Firma gekündigt und mir was andres gesucht.

Der Typ, auf den meine Freundin zuletzt scharf war, der hat sie in der Bar angemacht. Wir hocken am Tresen und trinken was. Knallt sich einer neben sie. Ob sie Lust hätt, am Donnerstag mit ihm essen zu gehen. Indisch. «Was machst 'n du», hat meine Freundin gefragt. «Börsenmakler», hat er gesagt. «Ich hol dich ganz groß ab.» Meine Freundin hat gefragt: «Is das nich teuer?» «Geld spielt keine Rolle», hat er gesagt. Mich hat er gefragt, ob ich mitkomm. «Warum eigentlich nich», hab ich gesagt. Und er: «Überlegt's euch. Hier ist meine Telefonnummer. Ich bin der Charlie. Ruft mich morgen an, ob's klappt.»

Wie ich mit meiner Freundin aus der Bar raus war, hat sie gesagt: «Wenn Geld keine Rolle spielt... Aber ohne dich geh ich nich, sonst krieg ich den vielleicht nich los.»

Nächsten Tag hat sie ihn angerufen: «Also gut, Charlie, am Donnerstagabend.»

Am Donnerstag haben wir uns rausgeputzt. Punkt achte ist der Charlie in 'ner Riesenkarre mit Schofför vorgefahren.

Wir rein. Der hatte Schampus dabei. «Prost, meine Damen.»

Meine Freundin hat ein Glas nach 'm andern geschluckt.

Unterwegs läßt er anhalten. «Ich hab noch 'n Freund eingeladen.»

Steigt 'n zweiter Typ ein. Setzt sich mir gegenüber in die Ecke und sagt: «Ich zieh mir erst mal 'n Joint rein. Wir können ja hinterher reden.» Ich hab noch gesagt: «Was machst 'n du.» Sagt dieser Schmierifuzzi: «Versicherung. Mit Charlie zusammen.» Ich sag halblaut: «Versicherungsfritzen sind das.» Charlie guckt mich giftig an, gießt meiner Freundin Schampus nach und lacht hysterisch.

Wir fahren keine fünf Minuten, da hält die Kutsche schon wieder. Steht da noch 'n Typ, fett, mit 'ner wasserstoffblonden Tussi, alle beide angesoffen – rein in die Kiste.

Ich sitz hinten neben meiner Freundin. Der Fette pflanzt sich meiner Freundin gegenüber in die Kissen. Neben meiner Freundin sitzt Charlie. Aber die blonde Tussi setzt sich nich neben ihren Fetti, die klemmt sich neben Charlie in die rechte Ecke.

Meine Freundin hatte schon genügend intus, Charlie rückt ihr auf die Pelle, daß er schon halb auf ihr drauf liegt.

Meine Freundin sagt: «Was geht 'n jetzt ab.» Charlie sagt: «Wir fahren erst mal was trinken.» Meine Freundin sagt: «Das stinkt mich an. Ich dachte, wir fahren essen.» Da geht Charlie von meiner Freundin runter, hängt sich über die Blonde und leckt die ab.

Ich guck mir den Fetten an, ob der überhaupt mitkriegt, daß sein Hasi mit Charlie rummacht. Der lallt was und droht mit der Faust, aber Charlie sieht gar nix. Da rappelt der Fette sich hoch und will Charlie eine verpassen. Er stolpert über seine Beine und landet auf meiner Freundin. Die schiebt ihn weg, Charlie dreht sich her, greift 'ne Schampusflasche und will mir was eingießen. Geht aber alles daneben. Ich sag: «Jetzt hat mir das Arschloch sein' Sprudel aufs Bein gekippt.»

In dem Moment hält die Karre vor 'ner Disco. Wir alle raus aus der Kiste und rein in den Schuppen. Ich sag zu meiner Freundin: «Ich hab genug, ich geh aufs Klo.» Meine Freundin auch, und hinter uns die Blonde. Im Klo fängt die zu winseln an: «Ich bin ganz durcheinander. Eddi und ich wollen heiraten, und ich hab Charlie geküßt.»

Ich hab mit meiner Freundin die Biege gemacht. Sind wir alleine essen gegangen. Mexikanisch.

Hätt ich mich doch bloß mal auf einen festgelegt! Wenigstens für drei, vier Jahre. Gewollt hab ich's. Aber ich hatt auch Angst davor. Also ewig auf Suche. Und was hab ich gefunden? Immer wieder 'n andern. Und mit kei'm war's was.

Meine Mutter hatte zwei Männer. Dem einen war se nich gut genug, und der andre is mein Vater.

Manchmal wach ich nachts auf und heule. Weil ich vom Munk geträumt hab. Warum hab ich den gehen lassen! Den hab ich geliebt. Ich setz mich auf im Bett und ruf: «Munk! Munk! Wo bist du denn. Ich will 'n Kind von dir.» Aber der Munk kommt nich.

Ich denk immer öfter an wie ich, in meiner ersten Firma, 17 war. Im Sommer, im Urlaub. Ich mit meiner Mutter. Lag ich am Swimmingpool. Is einer rübergeschwommen zu mir, is rausgeklettert und hat sich neben mich in die Sonne gelegt, der Axel hieß der. War auch mit seiner Mutter in 'n Ferien. Sind wir mit 'ner großen Luftmatratze ins Wasser, stundenlang auf'm Wasser gelegen. Der Axel stand unterm Pantoffel von seiner Mutter, und ich stand unterm Pantoffel von meiner Mutter. Haben wir uns gut verstanden. Der Axel war Student. Das war so, daß wir mit seiner Mutter essen gegangen sind am Abend, meine Mutter, ich, der Axel.

Wir haben uns normal unterhalten. Nach 'm Essen sind wir vorgegangen, der Axel und ich. Am Hafen abgebogen auf 'nen dunklen Kai. Schön war das. Wir haben 'ne Menge unternommen. Baden, wandern, fotografieren. Aber geschlafen hab ich nich mit ihm.

Nach 'm Urlaub bin ich hingefahren zu ihm, wo er studiert hat.

Vorher hat's 'n Palaver mit meiner Mutter gegeben. «Das kannst de jetzt schon langsam machen», hat se gesagt. Jetzt hatt ich Lust drauf. Meine Mutter hat gesagt: «Geh zum Frauenarzt und nimm die Pille.»

Auf seiner Studentenbude hab ich mit 'm Axel, zum ersten Mal mit 'm Mann geschlafen. Ich hatt gedacht, das tut weh, aber das war nich so. Hat nich mal richtig geblutet. Gar nix Ungewöhnliches. Also ich hab das nich als *das* große Erlebnis. Wenn immer gesagt wird, der erste Mann, mit dem man schläft, is für 'ne Frau wichtig, das is Quatsch. 'n Orgasmus hatt ich kein'. Ich hab mir gedacht: ‹Das kommt später.›

Wir haben uns immer besucht. Ich ihn, wo er studiert hat, er mich, zu Hause. Ein Jahr lang haben mit miteinander geschlafen, aber 'n Orgasmus hatt ich nie.

's war trotzdem gut. Der Axel hat gemerkt, daß ich kein' Orgasmus krieg. Ich hab gesagt: «Das macht nix. Das klappt eben bei mir nich.» Ich wußte nich, ob ich überhaupt 'n Orgasmus krieg.

Den Sommer drauf waren wir wieder zusammen im Urlaub, seine Mutter dabei und auch meine. Da haben wir miteinander geschlafen wie die Karnickel. Aber das war auch das Wetter.

Der Axel war 'n lieber Kerl, aber 'ne ziemliche Flasche. Weil er unterm Pantoffel von seiner Mutter gestanden hat. Weil die eifersüchtig auf mich war. Und herrschsüchtig. Die hätt uns am liebsten miteinander verheiratet. Das wollt ich nich.

Meine Mutter hat gemeint, das wär 'ne gute Partie für mich, weil die Mutter vom Axel 'ne Firma geerbt hatte. Vollkommen bescheuert. Mit uns hatte das überhaupt nix zu tun. Ob der Axel das gewollt hat? Der hat nich, also so hat der nich gedacht.

Mit 'm Axel, das war meine erste längere, das hatte so was Ehevorbereitungsmäßiges. Da gab's auch Geschenke. Die hat meine Mutter für mich besorgt.

Im zweiten Urlaub, ich konnt da nich als zukünftige Schwiegertochter am Tisch sitzen und mit der Alten vom Axel rumschmieren. Da ging's schon drum, zieh ich zum Axel oder zieht der zu mir.

Nach 'm Urlaub hab ich 'n angerufen und hab gesagt: «Du mußt dich entschließen, entweder ich oder deine Mutter», ich hatte die Schnauze so voll von der Alten, die sich in alles reingemischt hat, ich hab zum Axel gesagt: «Du mußt endlich mal dein' Arsch hochkriegen und für dich selber gradestehen.» Der Axel hat gesagt: «Jaja, du hast ja recht.»

Eigentlich war seine Mutter gar nich das Problem, ich hab einfach geahnt, daß wir nich zusammenziehen können.

Danach hat er nich mehr angerufen. Auch nich geschrieben. Warum muß ich jetzt an den Axel denken.

Wie ich mit 'm Axel zusammen war, bin ich mit 5 Frauen aus der Firma, sind wir übers Wochenende in die Berge gefahren. Bei der Pension war 'n schöner See, da waren 5 Kerle, die gesurft haben. Der Gregor hieß der, wie der mich, also wie ich den das erste Mal gesehen hab, waren wir, also sofort, das war 'ne unheimlich starke, wir waren total hin und weg. Die Kerle haben am See 'n Lagerfeuer gemacht, und der Gregor hat mich gefragt, ob ich nich Lust hätt, zum Lagerfeuer zu kommen. Die andern Frauen waren schon alle brav im Bett. Hab ich mit 'm Gregor das Küssen angefangen. Hat er gesagt, er hätt noch nie richtig mit 'ner Frau, also er hätt da Probleme mit. Weil er, er könnt, er kann in 'ner Frau nich zum Orgasmus kommen, so ungefähr. Hab ich gesagt: «Na, wir können 's ja mal probieren.» Hat er schon 'n Steifen gehabt, is zu mir reingekommen, hat sich 'n paarmal hin und her bewegt, das hat aber, war aber, das hat nich funktioniert, er is nich gekommen. Hab ich gesagt: «Du mußt dich mehr bewegen.» Hat er gesagt: «Nee.» Das hat, ich hab gesagt: «Na, macht nix. Das raffst du schon irgendwann.» Is er wieder raus. Ich hab kein Bock gehabt, ihm ein' runterzuholen. Ich hab gesagt: «'s funktioniert nich, aber trotzdem.» Bin ich in mein Zimmer zurück.

Nächsten Tag haben wir überlegt, ob wir uns wieder treffen irgendwo. Zum Skifahren oder. Haben Adressen ausgetauscht. Von zu Hause hab ich mit ihm telefoniert. War aber traurig. Ich war ja mit 'm Axel zusammen.

An dem See war ich noch mal. Ich bin mit 'm Munk hingefahren. Der Munk hatte keine Ahnung vom Gregor. Ich wollt unbedingt den See sehen.

Den Peter hab ich im Theater kennengelernt, in der Pause. Ich bin vor die Tür gegangen, ich wollt eine rauchen. Neben mir steht 'n junger Kerl. Ich hab ihn gefragt, ob er mir Feuer gibt.

«Sicher», hat er gesagt. Ich hab seine Hände vor mir gehabt. Ich geh vielleicht zweimal im Jahr ins Theater. Den Abend hat's mich angeödet. Ich hab gesagt: «Ich hätt Lust, abzuhauen.»

Der Peter hat gesagt: «Ich geh einmal im Jahr ins Theater, und ich bereu's schon. Ich verschwinde jetzt.»

Ich hab gesagt: «O. k. Ziehen wir los. Sollen die ihr Theater alleine machen.»

Ich bin mit 'm Peter in die nächste Kneipe. Da haben wir zwei Stunden gesessen. Der Junge hat mir immer besser gefallen. Ich weiß nich, was er an mir hatte, aber wir sind in seine Wohnung gegangen. Er hat Kaffee gekocht, wir haben Platten gehört, wir waren nich müdezukriegen. Gegen zweie bin ich los. Ich hab gesagt: «Sehen wir uns?»

«Auf jeden Fall», hat er gesagt.

Die Woche drauf haben wir uns jeden Abend getroffen, mal bei mir, mal bei ihm. Essen, reden, Musik hören. Er hat mich nich angerührt, ich hab ihn nich angerührt. Am Freitag is er dageblieben. Wir haben uns ausgezogen und ins Bett gelegt, aber gemacht haben wir nix. Bloß angefaßt und festgehalten. Ich war wie gerädert, aber ich war glücklich. Er, glaub ich, auch.

Am Vormittag hab ich zum Peter gesagt: «Komm, wir fahren raus.»

«Hast du ’n Auto?» hat er gesagt.

«Na sicher.»

«Ich fahr», hat er gesagt.

Unterwegs hab ich gesagt: «Fahr nich so schnell!»

«Fahr ich schnell?» hat er gesagt.

Wir sind aufs Dorf gefahren und ’n ganzen Nachmittag durch ’n Wald gelaufen.

«Ich lauf gern durch ’n Wald», hab ich gesagt.

«Ich auch», hat er gesagt.

Abends sind wir in so ’ne Landkneipe essen gegangen und haben uns ’n Zimmer genommen.

Meine Freundin hat gesagt: «Mensch, hoffentlich geht das gut. Der is noch so jung. Der könnt glatt dein Sohn sein. Hast de dir überlegt, was der an dir findet?»

«Das will ich mir nich überlegen. Is doch egal, wie alt ich bin.»

«Das sagst du so.»

«Ich denk, es is wie früher, wo ich noch jung war. Ich fühl mich auch so. Auf der andern Seite – ich bin älter und hab ’ne Menge Ahnung. Ich kann dem Peter allerhand beibringen.»

«Hoffentlich spielst du nich die Lehrerin.»

«Ach i wo. Außerdem, das is einfach schön, so ’n junger Kerl im Bett, der is noch frisch. Und nich so versaut, der kommt nich gleich mit Arschficken.»

«Also, du gibst den Ton an.»

«Was heißt ‹Ton›. Is doch klar, daß er mich viel fragt.»

«Spiel bloß nich die Mami.»

«Quatsch.»

«Vielleicht spielt der den Sohnemann. Du kümmerst dich um alles, du weißt immer Bescheid. Und der denkt, es is wie bei Muttern.»

«Glaub ich nich. Der kann seine Mutter sowieso nich leiden.»

«Wieso denn nich.»

«Der Peter hat gesagt: ‹Meine Mutter hat mir nie freie Hand gelassen. Immer hat se mir gesagt, was ich machen soll. ‹Zieh lange Unterhosen an, heute is es kalt.› ‹Nimm dir was zu essen mit, auf Arbeit gibt's nix Anständiges.› Wenn ich 'ne Freundin hatte, hat se gesagt: ‹Die is nix für dich. Wie die schon aussieht.› Wie ich ausziehen wollt, hat se gesagt: ‹Warum denn. Du hast doch zu Hause alles, was du brauchst. Du sparst die Miete und bist versorgt.› Wie ich 'ne eigene Bude hatte, kam se an und hat gesagt, wo ich die Teller hintun soll und die Tassen. ‹Du mußt jeden Sonnabend dein Zimmer saugen und die Küche wischen und das Bad.› ‹Laß den Müll nich so lange stehen, das stinkt.› ‹'ne Waschmaschine brauchst du nich, deine Wäsche wasch ich.› ‹Sonntags kommst du zu mir essen.› ‹Wenn du Geld brauchst, sag mir Bescheid.› Ich konnt's schon nich mehr hören.›»

«Und nu?»

«Seine Mutter is sauer auf mich. Der Peter hat gesagt: ‹Die hat gesagt: ‹Was willst du denn mit so einer. Das könnt deine Mutter sein. Du findest doch jederzeit 'ne Junge. Die Alte hat's faustdick hinter 'n Ohren. Für die bist du bloß 'n Bonbon. Wenn die dich ausgelutscht hat, is es vorbei. Mach ihr bloß kein Kind, dann hat se dich an der Leine. Darfst du den Papa spielen. Du bist selber noch grün. Schade, daß dein Vater nich mehr lebt, der hätt dir gesagt, wo's langgeht.›»

«Und der Peter?»

«Der hat gesagt: ‹Meine Mutter kapiert das nie. Hat gar

kein' Zweck, daß ich ihr was sag. Die will dich nie sehen, hat se gesagt.› Ich hab gesagt: ‹Schön dumm. Aber wenn's so is, nimm's mir nich krumm, dann will ich die auch nich sehen.› ‹Das wär 'ne Katastrophe›, hat der Peter gesagt. ‹Die weiß gar nich, was se sagen soll. Die redet saugemein über dich.› ‹Was sagt se denn›, sag ich. ‹Daß du 'ne Kinderschänderin wärst.› ‹Das is doch die letzte Sauerei›, sag ich. Oder sie hat gefragt: ‹Na, wie is es denn mit 'ner Mumie.›» Da ist mir echt die Spucke weggeblieben. Seh ich wie 'ne Mumie aus? Möcht wissen, wie die aussieht. Wahrscheinlich fett und wabblig.»

«Reg dich ab!»

«Die ruft ja manchmal an: ‹Grüß Gott, ich hätt gern den Peter gesprochen, bin ich da richtig?› Sonst kein Wort. Ich kann mich beherrschen, ich sag bloß: ‹Ja.›»

Meine Freundin hat gesagt: «Ich hatte noch nie 'n Jüngern. Ich hatt immer Angst, daß so einer 'ne Junge sieht und mich sitzenläßt. Irgendwie mußt de das einkalkulieren, glaub ich.»

«Is mir klar, daß das nich ewig geht. Aber ich leb jetzt, und jetzt is es o. k.»

«Solange wie's dauert.»

«Wenn's vorbei is, is es vorbei.»

«Dann siehst de wirklich alt aus.»

«Soll ich's deshalb lassen?»

«Nö.»

«Ich hab mir gedacht, kann ich vielleicht mal was lernen.»

«Was kannst du denn noch lernen.»

«Ich hab blöd angefangen, und ich bin blöd geblieben. Immer bloß Gefühl, Gefühl, und auf jeden reingeflogen, der mich heißgemacht hat. Ich komm mir vor wie 'n Vieh: Wenn ich zapplig war, bin ich losgezogen, bis ich 'n Schwanz drinne hatt. Und wenn ich ein' hatt, immer gedacht, das müßt ewig dauern. War aber nich. Vielleicht kapier ich jetzt endlich, 's gibt bloß Sachen auf Zeit.»

«Das lernst du nie. Ich auch nich.»

Den Sommer sind wir gleich zusammen in Urlaub gefahren. In die Berge. Ich dacht, ich könnt mal frische Luft vertragen. Schön wandern gehen. Der Peter hat gesagt: «Das is mir zu teuer.» Ich hab gesagt: «Mach dir kein' Kopf, ich hab gespart.»

Von der frischen Luft haben wir nich viel gemerkt. Wir sind meistens ins Bett gewandert. Der Peter hat gesagt: «Mir hat's noch nie so viel Spaß gemacht wie mit dir.»

«Wie kommt d'n das», hab ich gesagt.

«Weiß ich nich. Weil du so locker bist. Weil du immer mitmachst. Weil du jedesmal kommst. Das hab ich noch nie erlebt.»

Wie der Urlaub rum war, hat der Peter gesagt: «Jetzt könnt ich paar Tage Ferien gebrauchen.»

Mir ging's genauso, aber gut ging's mir trotzdem. Bloß eins war mies. Beim Frühstück saß mal 'ne Alte mit 'ner Jüngern am Nachbartisch. Ich hatt grad meine Hand auf 'm Peter seine Hand gelegt. Sagt die Alte: «Das ist doch schön, noch mal mit den Kindern in Urlaub zu fahren. Ich mach das auch gern.» Dann legt se ihre Hand auf die Hand von der Jüngern und sagt: «Meine Tochter fährt jeden Sommer eine Woche mit mir in die Berge.»

Der Peter kriegt 'n roten Kopf und guckt mich an. Ich nehm meine Hand vom Peter seiner Hand weg und sag: «Das is nich mein Sohn.»

«Ach so!» sagt die Alte und guckt nich mehr rüber.

Irgendwie is mir das Ding auf'n Magen gegangen.

In der Firma sagt 'ne Kollegin zu mir: «Na, du alte Genießerin.»

Ich sag: «Was soll das denn.»

«Mit dem hübschen jungen Mann!»

Ich sag: «Das kannst du auch haben.»

«Lust hätt ich schon. Aber ich bin seit fünfzehn Jahren verheiratet, das weißt du doch. Wir haben uns alles so schön aufgebaut. Da will man halt nix riskieren.»

Ich sag: «Na also, warum redest du dann.»

«Also ich sag's dir ganz offen: Ich beneide dich.»

«Danke», sag ich.

Der Peter hat gesagt: «Ich hab gedacht, ich hab 'n Freund, aber gestern is er mir verdammt auf'n Docht gegangen. Sagt der: ‹Ich kapier's nich, wie du das mit so 'ner Alten aushältst.› Ich sag: ‹Jetzt halt mal die Luft an.› ‹Die kriegt doch schon graue Haare.› ‹Spinnst du?› sag ich. ‹Mal ehrlich. Is die echt blond? Oder is das gefärbt.› Ich sag: ‹Du hast doch keine Ahnung.› ‹Bißchen fett is die auch.› ‹Fett?› sag ich, wo is die denn fett.› ‹Jedenfalls›, sagt der, ‹ich steh auf Frischfleisch, mit steilen Titten und 'ner engen Möse.› ‹Du bist doch 'n seltner Idiot!› sag ich. ‹Vergiß es›, sagt der, ‹aber wahrscheinlich is die gut im Bett. Die hat doch 'ne Menge Sachen drauf, da kannst de was lernen.› ‹Du Arschloch›, sag ich. ‹Warte›, sagt der, ‹wir sprechen uns noch. Irgendwann hast du se satt.›»

Weihnachten haben wir bei mir gefeiert. Ich hatte schon ewig kein' Weihnachtsbaum mehr, und ich wollt auch kein'. Aber der Peter hat gesagt: «Ohne Baum is das kein richtiges Weihnachten.» Hat er 'n schön' großen Baum besorgt, Kerzen dazu, rote Kugeln, und hat den Baum aufgeputzt.

«Was willst de denn zu Weihnachten essen», hab ich gesagt.

«Wie zu Hause», hat er gesagt, «gedünsteten Lachs mit Lauch und Salzkartoffeln.»

Ich hab gekocht wie lange nich. Erst gab's 'ne Spargelsuppe, dann den Lachs, hinterher Obstsalat mit Bacardi.

Nach'm Essen haben wir zusammen die Kerzen angesteckt und Geschenke ausgepackt. Ich hab dem Peter schicke Unterhosen geschenkt, und Socken, und 'n Jeanshemd. Der Peter hatte mir auf der Arbeit was gebastelt, 'n Leuchter aus Kupfer. Dazu Kerzen besorgt, blaue, ich hab den Leuchter gleich angemacht. Dann haben wir 'ne Flasche Wein getrunken, Platten gehört, Weihnachtsplatten, und der Peter hat gesagt: «Das is mein erstes Weihnachten ohne meine Mutter, und es is genauso schön, eigentlich noch schöner.»

Früher war ich froh, wenn Weihnachten bald vorbei war. «'n Tag wie jeder andre», hab ich gesagt. Diesmal hab ich gemerkt, was ich verpaßt hab. Wenn ich ehrlich bin, hab ich sogar mal gedacht, der Peter könnt mein Sohn sein, so schön war das. An dem Abend haben wir nix gemacht im Bett.

Ach so, am ersten Feiertag hat der Peter seine Mutter angerufen. «Schöne Weihnachten wünsch ich dir... Mir geht's gut... Also dann...»

«Mit der is kein Reden», hat er zu mir gesagt. «‹Von wegen schöne Weihnachten›, hat se gesagt, ‹ich hab in der Nacht von dir geträumt. Du bist am Markt auf mich zugekommen, und ich hab gesagt: ‹Grüß Gott, Peter›, aber du hast mich nich erkannt und bist an mir vorbeigegangen. Gelacht hast du, und gesagt: ‹Was will denn die Alte von mir!› Ich hab gedacht, mich zerreißt's.› ‹Mir geht's schlecht›, hat se gesagt, ‹da schuftet man sich das ganze Leben ab für den Jungen, und das ist dann der Dank: Zu Weihnachten alleine. Du hättst ruhig am Heiligabend anrufen können, hätt ich wenigstens deine Stimme gehabt.› Zuletzt hat se gesagt: ‹Also dann! Also dann! Wann denn! Leg lieber auf, ich kann das nich aushalten, daß du nich hier bist.›»

Silvester wollte der Peter unbedingt auf 'ne Party. Ich hab gesagt: «Das is mir zu laut.» Ich wollt nich sagen: «Dazu bin ich zu alt.»

«Ach wieso denn», hat der Peter gesagt. «Mit fein essen und Programm. Hinterher Tanz.»

«O. k.», hab ich gesagt. Ich hab 'n Tisch bestellt, 's gab aber bloß noch Vierertische. Das war 'n elegantes Lokal, mit Tischkarten, und mit frischen Blumen. An unserm Tisch saß 'n Ehepaar, die waren mindestens schon 30 Jahre verheiratet. Er mit Weste unterm Sakko und goldner Uhrkette. Sie mit Spitzenkragen und Medaillon. Ich dacht, hoffentlich quatschen die uns nich voll von ihren Kindern. Aber gar nich. «Wir sind kinderlos», sagt die, «wir genießen es, mit jungen Leuten wie Ihnen zusammen zu sein.» Jetzt war ich 'ne Junge, und so bin ich mir mit 'm Peter auch vorgekommen.

Das Essen hat sich ewig hingezogen, aber mit den Alten hat's Spaß gemacht, dem Peter auch. Der Alte hat gesagt: «Zum Wohle auf das junge Glück!» und hat mit uns angestoßen, und auch die Alte: «Zum Wohle! Zum Wohle!»

Nach'm Essen gab's 'ne Show, in der Saalmitte. Gesinge, spanische Musik, und Getanze. Ich dacht, das is doch nix für'n Peter. Der will doch irgend 'ne Rockmusik oder so was. Der hat sich aber prima amüsiert, und die Alten haben mitgeklatscht, wenn die Musik auf Touren kam. Hinterher hat die Alte gesagt, daß es wie früher is und wie gut das tut, daß wir dabei sind und Spaß dran haben.

Dann gab's Champagner und aus'm Lautsprecher die Zeitansage, «23 Uhr 58, 23 Uhr 59, 0 Uhr», und 'n Riesentusch von der Kapelle, und wir sind alle aufgestanden, «Prost Neujahr», «Prost Neujahr», und ich hab mit 'm Peter angestoßen, und die Alten haben mit uns angestoßen, und ich war 'n bißchen blau, und der Peter auch, und ich hab gedacht, so müßt's immer sein.

Jetzt hat die Kapelle Tanzmusik gemacht. Die Alten gleich hoch und auf die Tanzfläche und 'n Walzer hingelegt, daß ich dacht, ich möcht mit 'm Peter zusammen alt werden. Aber das war Quatsch. Wenn der Peter so alt is wie der Alte da, bin ich längst übern Jordan.

Nach dem Walzer kam was Schnelleres, und der Peter wollt tanzen, und ich auch. Der Peter kann besser tanzen wie ich. Das hat Spaß gemacht, wir haben überhaupt nich mehr aufgehört. Ich hab gesagt: «Peter, ich kann nich mehr, ich muß erst mal was trinken.» Die Alten saßen schon, und ich hab mit 'm Peter Champagner getrunken. Die Alte hat gesagt: «So jung wie Sie müßte man sein», und der Alte: «Wir haben unser Leben genossen.»

Den Peter hat's nich lange gehalten, der hat mit mir weitergetanzt bis um zweie. «Du bist Klasse!» hat er gesagt. «Das war mein schönstes Silvester!» Ich konnt's nich glauben, aber gesagt hab ich nix. Ich hab bloß sein' Kopf an mein' gedrückt.

Wie ich den Peter kennengelernt hab, da hab ich die Pille genommen. Gerne nich, weil die mich immer aufgedunsen hat. Aber ohne Pille, mit 'm Peter, das wär mir nix gewesen. Ich wollt kein Kind, schon gar nich von so 'nem jungen Kerl. Der is selber noch 'n halbes Kind. Der wär bestimmt abgesprungen, wenn ich schwanger geworden wär. Außerdem, so 'ne frische Liebe, wo du nich nachdenken willst, und dann dauernd: «Hast du 'n Gummi dabei?», nee. Ich hab sowieso nich so viel davon mit Gummi. Und wenn du hinterher nich aufpaßt und der Gummi rutscht ab, bist de doch noch angemeiert. Das ekelt mich auch an, wenn die Kerle zuletzt den Gummi zuknoten und auf'n Boden schmeißen. Du stehst 'n nächsten Tag auf, und vorm Bett liegt so 'n ausgeleiertes zusammengeflapptes Ding, und der Saft dadrinne. Der Saft muß aus mir rauslaufen und übern halben Hintern aufs Bettuch, ich brauch das. Wenn keine Flecken im Bettuch sind, das is mir, wie wenn gar nix gewesen wär.

Nach 'm Vierteljahr mit 'm Peter wart ich und wart ich auf meine Tage, aber die komm' nich. Das war schon der 35ste Tag, der 36ste, der 37ste. Ich hab gedacht: ‹Das kann doch nich wahr sein. Hat die Pille nix getaugt? Is jetzt alles durcheinander bei mir wegen dem Peter?› Allmählich hab ich die Panik gekriegt. Ich hab zum Peter gesagt: «Ich kapier's nich. Ich hab doch immer die Pille genommen. Aber es kommt nix. Heut is schon der 37ste Tag. Ich hab Angst, ich krieg 'n Kind.» «Schön!» hat der Peter gesagt. ‹Ach, du Kleiner›, hab ich gedacht, ‹was heißt 'n hier ‹schön›. Das Kind käm mir vor wie 'n Bruder oder 'ne Schwester von dir. Oder wie mein Enkel.›

Am nächsten Tag bin ich in die Apotheke und hab mir 'n Schwangerschaftstest besorgt. 's war aber nix. Negativ.

Bin ich zur Ärztin. Die hat gesagt: «Tja, irgendwann hört

es bei uns allen auf. Seien Sie froh, daß Sie's hinter sich haben. Das Leben geht weiter.»

Den ein' Montag wollte der Peter ins Kino. Ich hatt keine Lust. «Dann geh ich alleine», hat der Peter gesagt.

«Ja», hab ich gesagt. «Geh alleine.»

Spätestens um zehne hätte der Peter zurück sein müssen. Ich hab bis einse gewartet, dann bin ich ins Bett. Um zweie wach ich auf, weil der Peter antanzt. Ich hab getan wie wenn ich schlaf. Der kommt ins Schlafzimmer, holt was und geht wieder raus. Drei Minuten später kommt er, legt sich hin und tut wie wenn er schläft.

Ich konnt nich mehr einschlafen, aber gesagt hab ich nix. Bin ich endlich aufgestanden, hab mein Bettzeug genommen und mich im Wohnzimmer auf die Couch gelegt. Die Kleider vom Peter lagen auf 'm Sessel.

Nach 'ner Weile steht der Peter im Wohnzimmer und sagt: «Warum bist du denn aus 'm Schlafzimmer raus.»

Ich sag: «Ich kann da nich mehr einschlafen, schlaf ich eben hier.»

«Das is doch Quatsch!» sagt der Peter.

«‹Quatsch!› sagst du. Wo bist du denn die ganze Nacht gewesen.»

«‹Die ganze Nacht›! Jetzt is es um zweie, und ich bin hier.»

«Du hättst doch schon um zehne hier sein müssen», sag ich.

«‹Müssen›! Ich hab nach 'm Kino paar Leute kennengelernt. Die haben gesagt: ‹Was machen wir 'n jetzt.› Sind wir noch in die Kneipe gegangen. Die hatten 'ne Menge Ahnung von Filmen. Ich konnt gut mit denen reden. Die eine wußte besser Bescheid wie ich.»

«Und?» sag ich.

«Nix ‹und›. Jetzt bin ich zu Hause.»

«Wie heißt 'n die eine», sag ich.

«Mein Gott! Was weiß ich. Miriam heißt se.»

«Und du hast se natürlich nach Hause gebracht», sag ich.

«Schwachsinn!»

«Und wo wohnt die Miriam?»

«Weit draußen. Mit ihrer Freundin zusammen. Die Freundin war auch mit. Ich hab gemerkt, ich brauch das, mal mit Leuten wie ich reden.»

«Wie alt is 'n die Miriam.»

«So alt wie ich.»

'n Tag später hat der Peter gesagt: «Ich tät gern noch mal mit der Miriam reden.»

«Ruf sie doch an», hab ich gesagt.

Hat er sie angerufen. Die war aber nich da. Bloß der Anrufbeantworter. Der Peter: «Ich könnt übermorgen nach der Arbeit zu dir rumkommen. Ruf zurück, ob's paßt. Tschüs!»

Die hat aber nich zurückgerufen. Der Peter hat getan wie wenn nix wär. «Die ruft eben nich an.»

'n Tag drauf nach der Arbeit, der Peter war noch nich da, klingelt's. Ich mach auf, da steht eine vor der Tür und sagt: «Tach. Ich bin die Miriam. Der Peter hat was auf mein' Anrufbeantworter gesagt. Ich weiß nich, was er mit ‹übermorgen› meint, weil ich nich weiß, wann er angerufen hat.»

Ich sag: «Komm' Se doch erst mal rein.»

Die kommt rein und bleibt im Wohnzimmer stehen.

Ich sag: «Na setzen Se sich doch.»

Die setzt sich, und ich sag: «Angerufen hat der Peter gestern.»

«Ach so», sagt die, «dann is morgen ‹übermorgen›.»

«Genau», sag ich. «Dann schreiben Se dem Peter mal Ihre Adresse auf.» Ich geb ihr 'n Zettel, die malt ihre Adresse drauf und «Nach der Arbeit».

«Ich geh jetzt», sagt se.

«O. k.», sag ich.

'ne Stunde später kommt der Peter. Ich sag: «Wir hatten Besuch.»

«So? Wer denn.»

«Diese Miriam.»

«Was?! Was hat se 'n gesagt.»

«Hier steht's drauf», hab ich gesagt.

Der wollt's gar nich glauben.

'm nächsten Tag früh hat er gesagt: «Also, nach der Arbeit fahr ich zur Miriam. Ich bleib nich lang.»

Abends um neune ruft er mich an. «Ich bin noch bei der Miriam. 's alles o. k. Brauchst dir keine Gedanken zu machen. Ich fahr dann bald los.»

Nachts um zweie war er immer noch nich da. Viertel dreie kommt er an, rein zu mir ins Schlafzimmer, Küßchen, Küßchen, und wie's mir geht.

«Schlecht», sag ich. «Ich dachte, du wolltest um neune bald los.»

«Najaa», sagt er. «Wir haben zu dritt noch gekocht. Du weißt doch, wie das is. Da wollt ich nich mittendrinne abhauen.»

«Da stimmt doch was nich», sag ich.

«Quatsch!» sagt er.

«Du hast dich in die Miriam verliebt», sag ich.

«Was redest du denn.»

Ich sag: «Das seh ich dir an.»

«Stimmt», sagt der. «Ich weiß auch nich, warum. Ich will das nich.»

«Du hast die geküßt», sag ich.

«Blödsinn!»

«Du bist 'n schlechter Lügner», sag ich.

«Bloß auf die Backe. Die stand da wie 'n Stock.»

«Das kannst du mir doch nich erzählen», sag ich. «Ich weiß, wie das läuft.»

«Auf 'n Mund bloß ganz kurz.»

Ich sag: «Du kannst machen, was du willst. Aber ich will wissen, was los is. Dein Geschwindel kann ich nich vertragen.»

«Du weißt schon immer alles. Aber ich bin noch jung. Ich schäm mich.»

«Das brauchst du nich», sag ich. «Aber du mußt mir die Wahrheit sagen.»

Das war 'ne ganz miese Nacht. Der Peter konnt nich schlafen, hab ich gemerkt, und ich konnt auch nich. Weil ich nich schlafen konnt, bin ich ganz früh aufgestanden. Der Peter is überhaupt nich aufgestanden. Is nich auf Arbeit gegangen. «Ich bin krank», hat er gesagt. «Ich hab Fieber.»

«Fieber hast du nich», sag ich. «Aber krank bist du, das schlägt auf 'n Magen.»

«Du bist so gemein», hat der Peter gesagt.

«Ich sag bloß die Wahrheit», hab ich gesagt. «Treff dich doch noch mal mit deiner Miriam. Vielleicht hilft das.»

«Das ist nich ‹meine Miriam›», hat er gesagt. «Und treffen tu ich se auch nich. Ich kann gar nich. Mir is sauschlecht. Ich bleib liegen.»

Den Tag bin ich auch nich auf Arbeit gegangen. Ich hab Wäsche gewaschen, ich hab die Bude geputzt, ich hab was gekocht. Dem Peter hab ich 's Essen ans Bett gestellt.

Nach 'm Essen ist der Peter aufgestanden. «'s geht wieder», hat er gesagt.

Ich hab gesagt: «So krank bist du gar nich.»

«Ich muß noch mal mit der Miriam reden.»

«Warum denn.»

«Ich muß der Miriam sagen, daß es nix is mit uns.»

«Das kannst du ihr am Telefon sagen.»

«Das geht nich am Telefon. Das muß ich ihr direkt sagen.»

«Du willst sie treffen, das is alles.»

«Du hast selber gesagt, daß das vielleicht hilft.»

«Dann ruf an. Und sag mir Bescheid, was los is. Das kann ich verlangen. Ich sag dir auch alles.»

«Ja, schön!»

Der Peter hat sie nich angerufen. Ich hab gedacht: ‹Ich kann sowieso nix dagegen machen, wenn er sie treffen will. Irgend was fällt dem schon ein. Zigaretten holen.› Ich bin gegen sechse zu meiner Freundin gegangen. Ich hab zu ihr gesagt: «Was is 'n das eigentlich: Vertrauen.»

«Vertrauen?» hat sie gesagt. «Das is, wenn du Vertrauen hast. Dann bescheißt er dich auch nich.»

«Ich hatte welches», hab ich gesagt. «Bescheißen tut er mich trotzdem.»

«Entweder das hält oder das hält nich», hat meine Freundin gesagt. «Da kannst du gar nix machen. Is eben Glückssache. Sei doch froh, daß es 'ne Weile geklappt hat. Wenn's aus is, is es aus.»

«Das weiß ich», sag ich. «Es is immer dasselbe. Ich will's bloß nich einsehen.»

«Du hast's doch früher genauso gemacht. Da mußten's eben die andern einsehen.»

«Aber hart is es», sag ich.

«Hart is es. Vielleicht gleicht sich's aus, aufs Ganze gesehen. Jedenfalls bei mir. Ich bin ungefähr genauso oft beschissen worden wie ich selber beschissen hab.»

«Da muß ich noch mal nachrechnen», hab ich gesagt.

Wie ich heimkomm, war der Peter natürlich weg. Diesmal is er aber nich so spät wiedergekommen.

Ich sag: «Na? Konntst 's nich aushalten, was?»

«Quatsch!»

«Und? Wie war's?»

«Ich bin froh, daß ich die Miriam noch mal getroffen hab. Ich war in 'nem Café mit ihr.»

Ich hab gedacht: ‹Hat er sie also erst angerufen, wie ich bei meiner Freundin war, und die Miriam is gleich losmarschiert.›

«Na und?» sag ich.

«Ich hab se mir angeguckt und hab gemerkt, da is nix mehr. Vorbei. Das hab ich ihr gesagt. Die Miriam hat gesagt: ‹Is ja o. k.› War eben 'n Strohfeuer.»

«Wann triffst du sie wieder?» hab ich gesagt.

«Gar nich. Warum soll ich sie noch mal treffen, wo 's aus is.»

Ich hab kein Wort geglaubt. Ich hab gesagt: «Wenn du 'ne andre liebst, mußt du sie eben lieben. Aber ich will's wissen. 'n Dreier kannst du mit mir nich machen. Das will ich nich, das kann ich nich, und das hab ich nich nötig.»

«Ich hab dir doch gesagt, daß es aus is mit der Miriam.»

Wir haben den ganzen Tag getan wie wenn überhaupt nix passiert wär. Aber ich hab's ihm angesehen, daß er an die Miriam gedacht hat. Ei'mal hab ich gesagt: «Kriegst se nich raus aus dei'm Kopf, wie?»

Hat er gesagt: «Willst mich wohl loshaben, was? Dauernd mit deinem ‹Na?›!»

Ich sag: «Hör mal zu, mein Kleiner...»

«Sag nich ‹Kleiner› zu mir. Ich bin nich dein Kleiner...»

«Is ja gut! Aber eins sag ich dir. Wenn du mit 'ner Jüngeren abhauen willst, das is o. k. Aber dreh das nich rum. Loshaben willst du mich. Aber sag's auch, und spiel mir kein Theater vor.»

'n Scheißtag war das. Der Peter hat cool getan, ich hab mir auf die Zunge gebissen.

Nachmittags klingelt 's Telefon. Ich geh ran und sag: «Hallo?» Ich hör bloß atmen, sonst nix. Leg ich wieder auf. Der Peter spitz: «Wer war das?» Ich sag: «Weiß ich nich. Hat nix gesagt.»

'm nächsten Tag war Sonnabend. Mußten wir nich auf Arbeit gehen. Vormittag klingelt wieder das Telefon. Der Peter gleich ran: «Hallo? Hei!» Pause. «Ganz gut.» Pause. «Nee.» Pause. «Ja! Tschüs!» Ende.

Ich sag: «Is doch nich ganz aus, was?»

Der Peter sagt: «Was kann ich dafür, wenn die anruft. Hast ja gehört, was ich gesagt hab.»

«Ich kann mir auch denken, was die gesagt hat», sag ich. «‹Wie geht's dir?› ‹Wollen wir uns heute treffen?› ‹Oder morgen?›»

«Du spinnst», sagt der Peter.

'ne Stunde später sagt der: «Ich muß Zigaretten holen.»

Ich sag: «Was raucht se denn?»

Der Peter sagt gar nix und geht. Zigaretten holen dauert zehn Minuten. Nach 'ner Stunde is er wieder da und sagt: «Is schön draußen.»

«Ja», sag ich. Für'n Treff war's zu kurz, aber telefoniert haben se ziemlich lang.

Das Beschissenste kam aber noch. In der Nacht kommt der Peter in mein Bett und will mit mir pennen. Ich hab mitgemacht. Der war wie verrückt. Der konnte gar nich genug kriegen. Hinterher hatt ich 'n ganz mieses Gefühl.

Beim Frühstück hab ich gesagt: «Mit wem hast 'n du in der Nacht geschlafen.»

Der sagt: «Du bist gemein.»

Das war unser Sonntag. Nee, halt. Am Nachmittag hat sich der Peter Briefpapier eingesteckt, das hab ich gemerkt, und is raus.

Für 'n Brief braucht der 'n halben Tag, der is erst zum Abendbrot wiedergekommen. Also jetzt is Schreiben dran, hab ich gedacht. Was kann er schon geschrieben haben: Mit der Alten is es aus, aber ich laß mir nix anmerken. Ruf mich nich an. Ich ruf dich an. Warte auf mich. Ich brauch dich. Dein Peter. – So was wird's gewesen sein.

Montag früh dacht ich: ‹Das kann 'ne schöne Scheißwoche werden.› Nach der Arbeit sind wir rumgeschlichen wie schlechte Bekannte. Zufällig in derselben Bude. Eigentlich wollt ich auf 'n Abend zu meiner Freundin. Noch mal ausquatschen. Wär aber sowieso nix bei rausgekommen. Außerdem war ich mißtrauisch. Was macht 'n der Peter, wenn ich fortgeh. Ich hab mich im Wohnzimmer auf die Couch gelegt. Ich dacht: ‹Wenn ich nich schlafen kann, hab ich immer noch 'n Fernseher.›

'm nächsten Abend, Dienstag war das, sagt der Peter: «Ich muß mit dir reden.»

«O. k.», sag ich. «Red.»

«Ich hab gemerkt, daß ich zu jung bin für dich, und du bist für mich zu alt. Du hast deine Leute, und ich hab meine Leute. Deine Freundin, die is für mich wie 'ne Mutter. Und meine Leute sind für dich kleine Kinder.»

«Das hab ich nich gesagt.»

«Ja, aber du bist so. Ich brauch aber meine Leute. Mit denen kann ich. Klar, ich find's auch schade. Mit dir kann ich über Sachen reden, dadrüber kann ich mit meinen Leuten nich reden. Ich möcht, daß wir zusammenpassen, aber wir passen nich zusammen. Manchmal denk ich, mich zerreißt's. Scheiße is das. Was soll ich 'n machen.»

«Das mußt du selber wissen.»

«Ich wollt heut auf der Arbeit an die Miriam schreiben, aber ich hab's nich gemacht.»

«So», sag ich.

«Ja», sagt er.

«Mach, was du willst», sag ich, «aber mach's. Entweder ich oder die Miriam.»

«Ich hab ihr geschrieben, aber ich hab's nich abgeschickt.»

«Was hast du geschrieben?»

«Das is meine Sache.»

«Schon», sag ich, «aber meine auch. Sag's mir, und ich weiß Bescheid.»

«Das kann ich nich.»

«Zeig mir den Brief. Ich les 'n, und du brauchst nix zu sagen.»

«Das geht nich. Dann is es aus, entweder mit dir oder mit der Miriam.»

«Oder mit beiden», sag ich.

«Ja», sagt er.

«Das werden wir sehen», sag ich.

«Also gut, ich hol den Brief.»

Der Peter geht an seine Jacke, holt den Brief raus und gibt mir den. Ich dacht, er geht solange raus. Aber der dreht sich bloß um, und ich les. Ich weiß noch drei Sätze: Liebe Miriam. Du fehlst mir. Ich zieh vielleicht bald zu dir. Vergesse mich nich. Dein Peter.

Ich dacht: ‹Jetzt ist es aus mit dem Peter und mir.› Ich hab gesagt: «Jetzt is es aus mit der Miriam und dir. Jetzt hast du sie an mich verraten.»

«Stimmt», hat der Peter gesagt. «Ob du's mir glaubst oder nich, jetzt bin ich erleichtert. Mal sehen, was mit dir und mir wird.»

«Mal sehen», hab ich gesagt. «Aber was fragen will ich dich.»

«Was 'n.»

«Am Sonnabend hast du mit mir geschlafen, und drei Tage drauf schreibst du an die Miriam so 'n Brief. Du warst auf die Miriam scharf, und gepennt hast du mit mir.»

«Ja», sagt der. «Aber 's hat doch Spaß gemacht.»

Ich sag: «Das kannst du, geil sein auf die eine, und ficken mit 'ner andern.»

«Ja, schon.»

«Dann kannst du doch gleich in 'n Puff gehen.»

«Ja», sagt der.

«Und was hat die Miriam am Sonnabend ins Telefon geflötet?»

«Genau das, was du gedacht hast.»

«Nee, ich mein, wo du Zigaretten geholt hast und hast sie angerufen.»

«Sie hat gefragt, warum ich so komisch am Telefon war. Wie 's mir geht, hat se gefragt. Ob ich zu ihr komm.»

Ich hab zum Peter gesagt: «Warum hast du mir nich von Anfang an die Wahrheit gesagt?»

«Die Wahrheit, die Wahrheit. Die wußt ich selber nich. Ich brauch Zeit. Ich wollt nich gleich alles kaputtmachen. Aber ich hab auch gemerkt, ich bin 'n schlechter Schauspieler.»

«Du meinst, 'n schlechter Lügner.»

«Ja.»

Seitdem war's aus mit uns. Ich kann nix dafür, daß ich so stur bin. Ob's mit der Miriam aus war, weiß ich nich. Der Peter hat noch 'n paar Tage bei mir gehaust, dann is er abgehauen. Keine Ahnung, wohin. Ich wollt's nich wissen.

HANS JOACHIM SCHÄDLICH

Ostwestberlin
Prosa
190 Seiten. Kartoniert

Tallhover
288 Seiten. Gebunden
und als rororo Band 13195

Der Sprachabschneider
Illustrationen von Amelie Glienke
40 Seiten. Pappband

Schott
Roman
340 Seiten. Gebunden

Versuchte Nähe
Prosa
rororo Band 4565

Hans Joachim Schädlich (Hg.)
Aktenkundig
288 Seiten
rororo Band 19613

ROWOHLT